Contents

ひょんなことからオネエと共闘した180日間(上)

～婚約者は浮気性？
地味女が目覚める魔法のレッスン～

第一章　オネエと共闘する180日間の始まり

華やかな舞踏会の会場の外れ。長い廊下の片隅で事件は起きた。

後悔先に立たず。

覆水盆《ふくすいぼん》に返らず。

葬礼帰りの医者話……。

とにかく、ジャネットは猛烈に後悔していた。

——ああ、なんでこんなことに。

ずいっと間近に迫ってきたその迫力満点の大柄な美女——アマンディーヌに、ジャネットは思わず「ひっ」と小さな悲鳴を漏らした。

金色の髪は高く結《ゆ》い上げられ、淡い新緑色の瞳は長いまつ毛に縁どられている。そして、しっかりと施された化粧は彼女の魅力を存分に引き出していた。体形はアレだけど。

「アンタ、悔しくないの!?」

「く、悔しいですけれど、わたくしは地味ですし、体形も貧弱ですし……」

ゴツンっと大きな音が鳴る。

目の前の大女が廊下の柱を拳で叩いたのだ。柱は石造りだ。手は痛くないのかと余計な心配が脳裏をよぎったが、今その話題を出すのは自殺行為だとジャネットは口をつぐんだ。

「ああ!? 悔しいのかどうかって聞いてんのよ」

「ひっ！ 悔しいですけど……」

「『けど』はいらない！」

「ひゃい！」

恐怖のあまり返事が変な声になってしまった。

アマンディーヌはそんなことに構うことなく、ジャネットの顎《あご》をガシッと摑むと上を向かせた。

「顔のパーツと配置は悪くないわ。確かに、ちょっと凹凸《おうとつ》がなくて地味ね。——まあ、化粧すればごまかせるわ。肌も綺麗《きれい》だし」

褒められているのか、けなされているのか、どっちなのかわからないような言いようだ。

顎から手を外したアマンディーヌは流れるような美しい金髪のほつれ毛を片手で直すと、今度はジャネットの腰をがっしりとホールドした。そのまま体のラインを確認するように手を下へと移動させた。

「ちょっ！」

「黙っていて！」

ジャネットは狼狽《うろた》えた。

目の前の大女——アマンディーヌは女に見えても生物学上は男なのだ。服の上からとはいえ、殿方に体を撫でられるなんて。もうお嫁に行けない！

そんなジャネットの胸の内など露知《つゆし》らず、アマンディーヌは手を外すと、今度はジャネットの胸をジロジロと観察するように眺めた。

目の前の大女がはぁっと大きなため息をつく。

「だめ。そそらないわ。腰は細いけど胸がなさすぎる。尻もちっちゃいし。全然だめ。痩せすぎなのよ」

「なっ！」

なんという失礼な女、もとい、男なのか。

体つきが貧弱なのは、言われなくても知っている。

「お言葉ですけど、そんなことは最初から知っております。それに、服の上からとはいえ年頃の乙女の体を撫でるなんて！　お嫁に行けないわ！」

「ダンスのホールドと何が違うのよ？　それに、アンタの愛しの婚約者殿は毎晩違うご令嬢の体を撫でまわしているわ。それも、直《じか》に。こんなの気にしないわね」

「まぁ！」

あながち間違っていないだけに、反論ができない。羞恥と怒りに震えるジャネットに、アマンディーヌはずいっとにじり寄った。

「アンタ。悔しかったら綺麗になりなさい。綺麗になって、そのふざけた婚約者殿を二度と浮気できないような腰砕けにしてやるのよ」

「は？　できるわけ――」

「できる！　王室お抱えの美容アドバイザーの、わたしが協力してあげるのよ？　ありがたく思いなさいよ。いいこと、何をやってもブスで貧相でどうしようもない女なんて、この世に存在しないのよ！」

有無を言わせぬ迫力で、アマンディーヌが吠えた。ジャネットは呆気《あっけ》に取られながら、目の前の大女を眺める。

――ああ、なんでこんなことに……。

ジャネットは舞踏会の会場を抜け出し廊下で泣いていた自らのうかつさを、深く後悔したのだった。

☆　☆　☆

ことの発端《ほったん》は、さかのぼること三十分ほど前のことだった。

——ああ、またなのね。

舞踏会の会場からテラスに出たジャネットは、薄暗い庭園を眺めながら、言いようのない虚無感に打ちひしがれていた。

ジャネットの視線の先にいるのは、寄り添う若い男女だ。

若い男は少女の腰に手を回し抱き寄せ、少女はうっとりと甘えるように男の胸にしな垂れかかっている。ぱっちりとした目が印象的な、ジャネットから見ても、とても愛らしい見目の少女だ。

テラスから見えにくい位置の木の陰にあるベンチで、二人は見つめ合っていた。

この現場を目撃したら、多くの人は若い恋人同士が舞踏会の会場の片隅で逢瀬《おうせ》を重ねている一場面だと思うだろう。若者の燃え上がる恋の一幕。微笑ましい光景だ。

けれども、ジャネットにはそう寛大な心で見守っていられない理由があった。

なぜなら、愛しくてたまらないといった様子で少女を抱き寄せるその男は、ジャネットの婚約者であるダグラス＝ウェスタンその人だったのだから。

ジャネットの見つめるその先で、二人の顔が近づき、影が重なる。

その光景を見て、ジャネットは無言でテラスをあとにした。

婚約者の不貞を見せつけられるのは、もう何回目だろう。

はじめの頃は数えていたけれど、両手で足りなくなった頃からは数えるのをやめた。

嫌だからやめてくれと何回も婚約者に訴えたが、全く聞き入れてもらえない。

ダグラスは婚約者の義務なので仕方ないといった様子で、舞踏会に来るまでのジャネットのエスコートはする。けれど、いつも会場に着いた途端《とたん》にほったらかしだ。最初の一曲すらなんだかんだと理由をつけて踊らずにいなくなる。

会場で、たまたま会った友人とお喋《しゃべ》りでもできていればまだいい。大抵は、最初から最後まで独りぼっち。ジャネットはいつも舞踏会の壁の花として過ごしていた。

そして婚約者のダグラスといえば、帰り際に襟の合間から覗《のぞ》く首元に鬱血《うっけつ》痕を作ってきたこともあれば、全身からプンプンと女性ものの香水の香りを漂わせてきたこともあった。

そのたびに、ジャネットはとても惨《みじ》めな気持ちになり、ぐっと唇を噛みしめていた。

人影のない廊下まで走り去ったジャネットは、両手で顔を覆った。

耐えきれずに瞳から堪《こら》えていた涙が溢《あふ》れ、足元にポタリポタリと染みができる。

『ダグラス様と婚約できただけで、わたくしは幸せ』

そう思っていたはずなのに、心はズタズタだった。

――この苦しさは、いつまで続くのかしら?

まだ二人の結婚生活は始まってもいない。それなのに、早くも終わりの見えない真っ暗なトンネルに放り込まれたような気分だ。

あまりの惨めさに、こぼれ落ちる涙が止められなかった。

ジャネットとダグラスの婚約は、ジャネットがどうしてもと望んで成立したものだった。

それは、幼い頃からの片想い。

お茶会で一度しか会ったことのない少年に、ジャネットは恋をした。

そして、そろそろ婚約者を決めようかという話が出る年頃になったとき、ジャネットは父親にダグラスの妻になりたいと願い出た。

ジャネットは侯爵家の一人娘だ。対するダグラスは子爵家の三男坊。ジャネットの願いはすぐに聞き入れられ、二人は婚約者と相成《あいな》ったのだ。

俯《うつむ》くジャネットの視界に、走ったせいでほつれて落ちた薄茶色の髪が入った。うねった薄茶色のくせっ毛はジャネットの一番のコンプレックスだ。下ろすとライオンのたてがみのように広がるその髪が、ジャネットは嫌いでたまらない。


九歳の頃、ジャネットは両親に連れられて、とあるお屋敷のランチガーデンパーティーに参加した。会場となる侯爵家はとても広く、庭園にはテーブルが設《しつら》えられてたくさんの食事が並べられていた。ゆうに百人を超える規模の招待客が招かれていたそのパーティーには、子供も何人もいた。

「ねえねえ、皆で遊ぼうよ！」

「いいよー」

「何をしようか？」

歓談する大人達の陰で暇を持て余した子供達が集まり、そんな会話が出てくるのは自然な流れだった。そして、ジャネットはその子供達と庭園で鬼ごっこをして遊ぶことにしたのだ。

こっそりと木の陰に隠れていたジャネットは、近づいてくる鬼を見て逃げようとしたときに頭に違和感を覚えた。後頭部を強く引かれるような感覚がして、可愛く結い上げてもらっていた髪の毛がぐいっと崩れるのを感じた。髪の毛が木の枝に引っ掛かったのだ。

「痛い！　取って」

自分では見えないので取ることができず、ジャネットはとっさに悲鳴を上げた。

異変に気付いた子供達がわらわらと集まり始める。皆が試行錯誤してジャネットの髪を枝から取ろうと頑張ってはくれたが、所詮《しょせん》は子供のやることだ。

ジャネットの髪が枝から取れたとき、その髪形は原形を留めないほどぐちゃぐちゃになっていた。更に、髪には木の葉が何枚も付いているようなひどい状態だ。

「なんか、ジャネットの髪ってライオンみたい」

一緒に遊んでいた子供の一人がそう言って噴き出した。

子供は、ときに残酷だ。

悪気がなく、単純にそう思ったから口に出したのだろう。

「本当だ。髪が広がってライオンみたいだ」

「ライオン、ライオン！」

口々に周りの子供達もそう言って笑い出した。

「えー、そうかなぁ」

ジャネットはへらりと笑ってやり過ごす。

内心では泣きそうだった。せっかく朝早くから侍女が時間をかけて結ってくれたのに、台なしだ。お気に入りのお花の髪飾りも取れてしまった。

「ねえ、さっきの続きをしようよ」

「そうだね。あ、ジャネットはもう捕まったから次の人からね」

「え？　……う、うん」

子供達は切り替えが速く、すぐにばらばらに散り出した。ジャネットはその様子を呆然《ぼうせん》と見送る。手にはお気に入りの花の髪飾りを握ったままだ。

――どうしよう。自分じゃ直せないわ……。

髪飾りを持っていないほうの手でそっと自分の髪に触れた。モフモフの手触りがして、髪形がぐちゃぐちゃになっていることは間違いないようだ。カサリと何かに触れたので手に取ると、枯れた葉っぱだった。

ジャネットは侍女の誰かに助けを求めようと、辺りを見渡した。しかし、あいにく近くに誰もいない。

そのとき、ジャネットはすぐ近くに男の子が立っていることに気が付いた。そちらを向くと、彼の新緑を思わせる緑の瞳と目が合った。さらりとした黒髪の綺麗な男の子だ。

ジャネットより、少しだけ背が高いから年上かもしれない。もう他の子供は全員遊びに行ってしまったと思っていたジャネットは、その男の子がまだ近くにいたことに驚いた。

「…………。あなたは何をしているの？」

男の子は無言で首を傾げてから、こう言った。

「なんとなく。髪、直してあげようか？」

「あなたに直せるの？」

「たぶん、直せるよ。任せて」

ジャネットの背後に立った男の子は、宣言通りジャネットの髪を直し始めた。

他人に髪の毛を触られるのは、なんともむず痒い。

元していたような複雑な結い上げ方はさすがに無理だけれど、三つ編みにしてまとめるぐらいならできると言う。後ろで髪をいじる気配を感じながら、ジャネットは男の子に声を掛けた。

「あなたは、なんで人の髪の毛を結えるの？」

「母上が侍女にやってもらうのを、よく見ているから。こういうの、好きなんだ」

「好き？」

ジャネットは目をぱちくりとさせた。

髪を結う男の子は、仕立てのよい上質な服を着ている。格好から判断するに、恐らく貴族のご子息だ。そのご子息が髪を結うのが好き？　普通に考えたら、女みたいだと笑われてしまうだろう。けれど、この男の子は自分を『ライオン』と笑わずに助けてくれた。ここで笑うことが失礼なことぐらい、子供のジャネットにもわかった。

「できたよ。こっち向いて」

男の子に促されて、ジャネットは後ろを振り向いた。

緑色の瞳が、真剣にジャネットの顔を見つめている。手が伸びてきて、頭頂部の右側を撫でつけられた。きっと、自分の結った髪のおかしいところをチェックして直しているのだろう。

「素敵な趣味ね」

「え？」

「こういうの、悪くないと思うわ」

「――うん。ありがとう」

ジャネットの言葉を聞いた男の子は、とても嬉しそうにはにかんだ。

男の子は最後にジャネットの髪に髪飾りをつけてくれて、「ほら、可愛くなったよ」と微笑んだ。

こちらを見つめる新緑色の双眸《そうぼう》がとても綺麗で、優しい笑顔だった。

「あれ？　ジャネットの髪形が直っているよ」

しばらくして鬼ごっこから戻ってきた子供の一人が声を上げる。

「うん。彼に直してもらったの」

「えー。男なのに髪を直したの？　変なの」

その子が笑いながら放った言葉に、髪を直してくれた男の子の表情が傷ついたように歪んだのを、ジャネットは見逃さなかった。ジャネットはとっさにその言葉を発した男の子に向き直り、キッと睨《にら》みつけた。

「男とか女とか、関係ないでしょ！　こんなに上手に髪を直せるなんて、すごいことよ。変なんかじゃないわ。謝って！」

「なんでだよ。男が髪をいじるなんて変だろ？　変だから変だって言って、何が悪いんだよ」

ジャネットとその子が言い争いになりそうになったとき、トントンと肩を叩かれてジャネットは振り返った。

「大丈夫だよ。僕は言われ慣れているから」

「でも……」

「本当に平気だから。でも、ジャネットは僕のために怒ってくれたね。ありがとう」

少し寂しそうに男の子はそう言うと、にこりとジャネットに微笑みかけた。

ジャネットは顔を俯かせる。本当はまだ納得できなかったけれど、これ以上自分のことで喧嘩してほしくないと男の子が思っていることはわかった。

家に帰ってからその男の子の名前を聞き忘れていたことに気付いたジャネットは、父親に彼について尋《たず》ねた。黒い髪に緑色の瞳で、ジャネットより少し年上の男の子を知らないかと。

「今日はたくさんの人が招待されていたからなぁ。うーん、黒髪に緑の瞳か。ジャネットより少し年上ねぇ。——ウェスタン子爵家のご子息がそんな特徴だった気がするな。確か名前は……ダグラスだ」

「ダグラス様……」

ジャネットはそのときから、ずっとダグラスを想っていた。

優しく髪に触れて、丁寧に結い上げてくれた小さな手。こちらを真剣に見つめる新緑色の瞳。そして、にこりと微笑みかけてくれたあの笑顔。

いつかまたどこかのお茶会で再会できるかと思っていたけれど、その男の子とはそれ以来会うことができなかった。

年頃になったのでそろそろ婚約者を、という話が出たとき、ジャネットは迷わずダグラスの名前を上げた。だめで元々、どうしてももう一度、あの男の子に会いたかったのだ。

後日、ウェスタン子爵に付き添われてジャネットの実家であるピカデリー侯爵家を訪ねてきたダグラスは、美男子という言葉がぴったりの若者だった。

遠い記憶と同じ黒い髪に緑の瞳。そして薄い唇、すっきりと通った鼻筋、少し吊り気味の目元。以前に比べてやや冷たい雰囲気を感じたが、とてもハンサムだ。この九年で随分《ずいぶん》と立派に育って、印象もだいぶ変わったものだとジャネットはとても感激した。

「こんにちは。ジャネット嬢。以後よろしく」

慣れた様子でジャネットの手を取り、甲にキスをしたダグラスの所作に、ジャネットは惚れ惚れした。そして、再会できたことが嬉しくて、すぐにあのときの話をした。

「ダグラス様は九年前にルイーザ侯爵邸で開催されたガーデンパーティーに来てらしたわよね？　わたくしも行ったの」

「九年前のルイーザ侯爵邸で開催されたガーデンパーティー？　さあ？　どうだったかな。そんな昔のこと、よく覚えていないな」

「そう……」

がっかりするジャネットに構うことなく、ダグラスは話を変えた。

「それより、ジャネット嬢。よかったら二人で散歩にでも行きましょうか。先ほどこちらに来る前に庭園の様子が見えたのですが、お花が綺麗でしたよ」

「ええ、喜んで」

二人はゆっくりと庭園を歩き始める。

初めて婚約者として引き合わされたとき、ダグラスはジャネットに優しく手を差し出し、エスコートしてくれた。

「ちょっと待って」

石畳の小道でダグラスがふと足を止める。そして、庭園に咲くピンク色のミニバラに手を伸ばした。

「これ、似合うと思う」

「え？　ありがとう」

髪に触れられる感触がして、こちらを見つめるダグラスがにこりと微笑む。ミニバラを飾ってくれたのだ。

――なんて素敵な方なのかしら。

男性にこんなことをされたことなど初めてだったジャネットは、とても感激してすっかり舞い上がった。

この女性の扱いに慣れた様子に、もっと疑問を持つべきだったのだ。

二人の大事な出会いの記憶を忘れていても、この人とならきっと幸せな未来が築ける。

ジャネットはそう信じて疑っていなかった。

☆　☆　☆

舞踏会の会場へと続く廊下は白い大理石に覆われている。

こぼれ落ちる涙を必死に拭《ぬぐ》っていると、カツカツと足音が聞こえてきてジャネットはハッとした。

――大変。こっちに誰か来たわ。

こんな泣き顔を他人に見られるわけにはいかない。慌てて隠れようとしたところで、足元の大理石の床に大きな黒い影が重なった。

「ねえ、ちょっとあなた。気分でも悪いの？　大丈夫？」

心配そうな声は、ジャネットが体調を崩したのではないかと思ったからだろう。慌てて顔を上げたジャネットは、そこにいた人物に驚き目を見開いた。

目の前にいたのは大柄の男、いや、女だ。

隙のない化粧を施した顔は文句なしに美しく、彼女の大きな体に合わせて作られた特注仕様のドレスは豪華絢爛。襟元と袖にはふんだんにレース飾りが施され、スカートは大きく膨《ふく》らんでいる。最近の流行を取り入れているのだろう。素晴らしい逸品だった。

ただ、どう見てもこれを着ている人間の体形が男なのがいただけない。

たまたま通りかかったのであろうその目の前の有名人をジャネットは知っている。王室のお抱え美容アドバイザー、アマンディーヌだ。アマンディーヌはジャネットの顔を見ると、驚いたように目をみはった。

こんな廊下で貴族令嬢が一人めそめそと泣いていたのだから、驚くのも無理はないだろう。

そして、ジロジロとジャネットの全身を舐めるように観察し、眉間に皺《しわ》を寄せた。

「……これはひどいわね」

その瞬間、ジャネットは恥ずかしさでカッと体が熱くなるのを感じた。

自分がたいして美人でないことも、貧相な体つきであることも知っている。

そして、泣いていたせいで化粧がぐちゃぐちゃなことも。

相手は王室お抱えの当代随一の美容アドバイザーだ。さぞかしジャネットが醜《みにく》い女に見えることだろう。

ジャネットは羞恥から身をひるがえして逃げ出そうとした。しかし、上腕をガシッと摑まれてそれは叶わなかった。ジャネットの腕を捕らえるアマンディーヌの手は男のように力強く――いや、事実、彼女の性別は生物学的には男なのだが――全く逃れることができない。

「待ちなさい。あなた、その格好でどこに行くの？　人に見せられたもんじゃないわよ」

「離してください！　わたくしは舞踏会でエスコートしてくれるはずの婚約者にも相手にされないような女なのよ！　さぞかし無様《ぶざま》でしょう？」

ぼろぼろと涙を流すジャネットを見下ろすアマンディーヌの眉間に、また深い皺が寄る。

「何があったのか、わたしに聞かせなさい」

「どうせわたくしは何をやってもブスで貧相でどうしようもないんです！」

「なんですって？」

半ば投げやりに叫んだ次の瞬間、猛獣のように低い唸《うな》り声がした。

「ひっ！」

ジャネットは、自分があまりにもひどいありさまなのでアマンディーヌの気分を害したのだと思い、震え上がった。

「ごめんなさいっ！　わたくしはすぐに立ち去りますので、どうか許して……」

「だめよ！　聞き捨てならないわ。わたしの世界に『何をやってもブス』なんて女は存在しないのよ。撤回してちょうだい」

「は……？」

ジャネットは意味がわからず、アマンディーヌを見返す。アマンディーヌは野太い声で、もう一度吠えた。

「何をやってもブスで貧相でどうしようもない女なんて、この世に存在しないのよ。撤回して！　女の子は誰だって可愛くなるのよ！　いったいどういうことなのか、説明しなさい！」

ジャネットはポカンと口を開けたまま、大真面目な顔で叫ぶ迫力満点の美女（ただし、サイズ規格外）を見上げたのだった。

☆　☆　☆

目の前に広げられた大量の化粧品の数々に、ジャネットは困惑した。

このまま帰すわけにはいかないと半ば強引に王宮の一室に連れ込まれたのがつい先ほどのこと。アマンディーヌが大きな箱を持って再び現れたのを目にしたときにはいったい自分はどうされてしまうのかと怯えたが、それはただの化粧箱だった。ただ、持ち主同様に普通の化粧箱よりもだいぶサイズが大きいが。

「そうねぇ。どの色がいいかしら。ドレスの色がちょっと地味なのよね……」

何かをブツブツ呟《つぶや》きながら、アマンディーヌはジャネットの顔と化粧箱の中身を見比べている。

「あのっ、何をなさるのですか？」

「何って、化粧直しに決まっているでしょう。このまま舞踏会の会場に戻るつもり？」

アマンディーヌは何を当然のことを、とでも言いたげな顔で冷たい水で絞ったタオルをジャネットに手渡す。

「まずは目元を冷やして。そのままにしておいたら、腫《は》れてしまうわ」

言われるがままに目元にタオルを押し当てる。ひんやりとした感触が広がり、気持ちがいい。

「気分は落ち着いたかしら？」

「…………」

ジャネットはどう答えればよいか迷った。こんな情けない姿を他人に見せてしまうなんて。アマンディーヌはそんなジャネットの心を読んだかのように「今日見たことは他言しないから大丈夫よ」と言った。

淡いベージュのアイシャドウを箱から取り出すと、ジャネットに目を閉じさせる。まぶたに色を乗せる感覚がした。

「わたくし、婚約者にあまりよく思われていないみたいで。ほら、わたくしはこんな見た目だから、連れて歩くのが恥ずかしいようです。わかるでしょう？」

目を開けたジャネットが自嘲《じちょう》気味に笑うと、アマンディーヌは表情を全く崩さないままこちらを真顔で見返してきた。

「ちっともわからないわ」

「そうですか……」

ジャネットは目を伏せる。

こんな惨めな話、やっぱり誰にも理解できないだろう。婚約者に見向きもされないどころか、一緒に参加した舞踏会で放置されたあげくに浮気されるなんて。

「ねえ、アンタはそれでいいの？」

「え？　よくはありませんが、仕方がありませんわ」

ダグラスが言い寄る女性と自分を見比べたらどちらが魅力的かなんて、火を見るより明らかだ。

ジャネットは半ば諦めの境地に達していた。

アマンディーヌは続けて何色かのアイシャドウを重ねた後、今度は淡いピンク色のチークをジャネットの頬に乗せる。

「よくないなら、変わりなさい。こうやって出会ったのも何かの縁よ。乗りかかった船だし、わたしがレッスンしてあげる」

多少のレッスンくらいで彼の心を変えられるのなら、どんなに楽だったか。ジャネットは曖昧に微笑み返す。

ベージュがかった口紅をジャネットの唇に乗せると、アマンディーヌは鏡を見せるようにジャネットの背後に立ち、肩をポンと叩く。

「ほら、できたわよ。泣いていたご令嬢なんて、もうどこにもいないわ」

ジャネットは鏡の中の自分を見つめた。

着ている榛《はしばみ》色の地味なドレスに合わせたのだろう。化粧は控えめな色合いを中心にしたものだった。けれど、王宮に来たときよりもずっとよく見えるのはなぜだろう。泣いていたことも全くわからない。

「あの……、ありがとうございます」

「どういたしまして。今日はひとつだけ。もう泣いたらだめよ」

「はい」

「よし、いいわ。じゃあ、そろそろ戻りなさい。いい時間だわ」

アマンディーヌにそう言われて壁際の置き時計を見ると、既《すで》に舞踏会終了時刻に近かった。そろそろ羽を伸ばしていたダグラスも帰りの馬車に乗るために戻ってくるはずだ。

「お世話になりました」

ジャネットはぺこりと頭を下げる。アマンディーヌは口角を上げると、さっさと行けとばかりに片手をひらひらと振った。

第二章　ジャネット、行儀見習いになる

舞踏会の翌日、ジャネットは王宮に呼び出されていた。

この日の朝、ジャネットのもとに一度も直接言葉を交わしたことのない王女殿下から、なんの前触れもなしにお茶会の招待状が届いたのだ。しかも、お茶会の開催日は今日だ。

王女殿下から直々にお茶会へのご招待など、侯爵令嬢といえどもそうそうあるものではない。

「いったいどういうことなのかしら……？」

訝《いぶか》しく思いながらも、王族直々の王宮への呼び出しに応じないわけにはいかない。ジャネットは慌てて準備をすると、馬車に飛び乗って王宮へと向かった。

「シルティ王女のお茶会に参りました」

「お待ちしておりました。こちらへどうぞ」

王宮で近衛《このえ》騎士に招待状を見せると、話は既に通っているようですんなりと案内される。

煌《きら》びやかな廊下を抜けた先にある、一度も足を踏み入れたことがない王宮の奥深く。

ジャネットが通された部屋は、さすがは王族の私室といった一室だった。天井には美しい絵が描かれ、壁にところどころある白い柱には美しい天使の彫刻が彫られている。とても上品で可愛らしく、全体的にピンク系の色にまとめられていた。

「ようこそ。ジャネット様！　お会いしたかったのよ」

本日ジャネットを呼び出した本人――ルロワンヌ王国の第一王女であるシルティ王女がにこやかに出迎えてくれた。

「あの、これはどういう……」

「さあ、いいから座って」

挨拶《あいさつ》もそこそこに、笑顔のシルティ王女によって椅子に座らされ、なぜかマンツーマンのお茶会が始まった。目の前の白いタイル貼りのテーブルには色とりどりのスイーツが並べられている。

そして他愛もないお喋りをしながらお茶をすることおよそ一時間、ジャネットは早くも危機に陥《おちい》っていた。

「ジャネット様。あまりお口に合わないかしら？」

目の前の少女――シルティ王女は心配そうにジャネットを覗き込む。ジャネットはホホッと笑って首を振った。

「いえ。とても美味しいですわ」

「じゃあ、もっと食べて。料理人が腕を揮《ふる》ったのよ。わたくしはこれが一番好き」

シルティ王女はマカロンを指さして、ふわりと笑った。

ピンク色のぷるんとした唇が弧《こ》を描く。シルティ王女は現在十六歳。ちょうど少女から大人の女性への変貌を始める時期だ。その笑顔には花が綻《ほころ》ぶかのような愛らしさがあった。

「実はわたくし、もうお腹が……」

「アンタ。もっと食べなさいよ。せっかくシルティ王女殿下のお茶会に招待したんだから。王女殿下に勧められて、残すつもり？」

ドスの利いた声が横から響く。ジャネットはビクリと肩を震わせた。恐る恐るそちらを見ると、バッサバッサの長いまつ毛の奥の緑眼が睨みを利かせている。

「ええ、ええ。もちろんいただきますわ」

ジャネットはササッと扇《おうぎ》を出してオホホと笑った。招待してくれなんて一言も言っていませんけ

ど？　と心の中で悪態をつきながら。

　本日、招待状を受け取ったジャネットがこれは一大事だと慌てて王宮に馳せ参じると、そこにはなぜか昨日遭遇《そうぐう》したオネエのアマンディーヌが現れた。

　まあ、確かに彼女は王室のお抱え美容アドバイザーなのだから、王女殿下のところにいても何も不思議はないのだが。

　狼狽えるジャネットに対し、アマンディーヌは満足げに微笑んだ。

「ようこそ、ジャネット嬢。今日から早速課題を。――まず、ジャネット嬢には太ってもらうわ」

「課題？　太る？」

　そこでアマンディーヌに言われた言葉の意味がわからず、ジャネットは困惑した。

「そうよ。綺麗になれるように、わたしがレッスンしてあげるって言ったでしょう？　女に二言はないわ」

「男に二言、では？」

「どっちでもいいわ」

　アマンディーヌは片手を振る。

　ジャネットは呆気に取られてアマンディーヌを見返した。確かに昨日、レッスンをしてあげると言っているのを聞いた。けれどそれは、ジャネットを元気づけるための冗談だと思っていたのだ。

「とにかく、よく食べて太るのよ」

「太る？」

　貴族令嬢の憧《あこが》れのひとつは、折れるように細く華奢《きゃしゃ》な腰だ。これを実現させるために、皆が絞め殺されそうなほどぎゅうぎゅうに、コルセットをきつく巻いているのだ。

　太るなど、あり得ない。

「でも、腰が細いことが女性の美しさの条件のひとつですわ」

「そうよ。でも、それはちゃんと付くべきところに付いている女性に対して言えることよ。ジャネット嬢は付くべきところにも何も付いていないから、適用対象外だわ。細くても全然魅力を感じない」

　ジャネットは遠い目をした。

　付くべきところ。それはすなわち、昨日ぶしつけに撫でられた部分と、ジロジロと観察された胸のことだろうか。

　アマンディーヌは閉じた扇を片手で持ちながら、王女殿下の部屋をゆっくりと歩いた。悔しいことに、男とは思えぬとても優雅で美しい動きだ。体形は完全に男だけどね。

「ジャネット嬢の婚約者について、わたしのほうで少し調べさせてもらったわ」

「ダグラス様のことを？」

　ジャネットは眉根を寄せて聞き返した。アマンディーヌは手に持った扇をパシンと勢いよく開く。

「ええ。ダグラス殿は元々手が早いプレイボーイとして有名だけれど、想像以上よ。アンタもなかなかの手強い男を婚約者に据《す》えたわね。わたしが把握しただけで、現在恋人が四人いるわ。ミレニー夫人、レイル夫人、エリーヌ子爵令嬢、それに、昨日会っていたマリエッタ男爵令嬢よ。いずれも美女と名高いわ。ミレニー夫人とレイル夫人は婚姻歴もある未亡人だし、きっと手練《てだれ》ね」

「四人!?　て、手練!?」

　ジャネットは思わぬ情報に、思わず両手で口を覆った。

婚約者であるジャネットですら知らなかった情報を、このオネエはいったいどうやって、この短期間に調べたのだろうか。しかも、恋人のうち二人は未亡人ということは、すなわちそういう関係なのだろう。

薄々は気付いていたが、婚約者の下半身のだらしなさに、ジャネットは初めて強い嫌悪感を覚えた。このままでは、冗談抜きに将来のピカデリー侯爵家の財産が、夫の婚外子を養うために使い尽くされてしまう。

「で、そんな美女達と夜な夜なめくるめく世界をお楽しみなプレイボーイを骨抜きにしてギャフンと言わせるくらいのいい女になるんだから、覚悟しなさいよ」

アマンディーヌが意味ありげにニヤリと笑う。

昨日、ジャネットの婚約者のダグラスはあの後しばらく会場から姿を消し、ようやくエスコート相手であるジャネットのもとに戻ってきたのは舞踏会終了直前、ジャネットが化粧を終えて戻った後のことだった。相変わらず、全身から女物の香水の匂いをプンプンとさせながら。

「お待たせしたかな？　悪かったね」

口では謝罪しているが、全く心はこもっていない。

決められた所作でジャネットにエスコートの手を差し出すと、もう用は済んだとばかりに顔も見ることなく帰りの馬車に乗り込んだ。

泣いたせいでぐちゃぐちゃになったジャネットの化粧は、アマンディーヌが直してくれたおかげで全体的な色合いや、口紅の色が変わっていた。けれど、そのことにすらダグラスは気付かなかった。

――わたくしがピエロの化粧をしていたとしても、ダグラス様は気付かないのではないかしら？

そんなことを本気で思ったほどだ。

恐らく、ジャネットが自分に惚れていると高をくくって、ないがしろにしても平気だと思っているのだろう。

そんな婚約者を自分にメロメロにさせる？

無理だ。絶対に無理。伝説の魔女が作るといわれる万能惚れ薬でも探し出さない限り、無理に決まっている。

「む、無理だわ」

「あぁ!? 無理じゃなくて、やるのよ！」

またもやアマンディーヌがドスを利かせてジャネットを睨みつけ、吠えた。本当によく吠えるオネエである。

「とりあえず、目が覚めるような劇的な変化を演出するために、今から半年間はダクラス殿との面会は禁止よ。みっちり特訓するために、今日からは住み込みでシルティ王女殿下付きの行儀見習いとしてお勤めしてもらうわ。やるからには徹底的にやらないと」

「え!?」

ジャネットは想像だにしていなかった話に、狼狽《うろた》えた。このオネエはいったい何を言い出すのか。

「わたくし、実家に連絡しないとすぐには決められませんわ」

「安心して。お父上のピカデリー侯爵には、話をつけておいたから」

「ええ!?」

アマンディーヌは胸元からサッと手紙を取り出し、片手に持ってヒラヒラと揺らした。ジャネットは慌ててそれを奪い取って中身を確認する。

「なんで！　いつの間に……」

「わたし、仕事は速いのよ。必要な荷物ももう運び込ませてあるから、何も心配はいらないわ」

アマンディーヌが得意げに笑う。

が、しかし、そういう問題ではない。

ジャネットが手にした手紙には、『ジャネットを行儀見習いに出すのでよろしく』としたためられていた。しかも、きっちりと父親の直筆サインまで入っている。何回も見たことがあるので、これは父の直筆に間違いない。

——本当にこのオネエ、いったい何者？

ジャネットは恐れおののいた。

アマンディーヌはそんなジャネットの様子に構うことなく、優雅に片手でテーブルを指し示した。

「話は戻るけど、まずは今日の課題よ。出されたお菓子は全部食べて。太るのよ」

「なぜ太る必要が？」

「ジャネット様。女性は触り心地が柔らかいほうが好まれるらしいですわ。わたくしも近隣諸国の王子様に見初《みそ》められるように、いつも頑張って食べていますの」

シルティ王女がにこにこしながら相槌《あいづち》を打つ。その手にはフランボワーズ味のマカロンが握られていた。

ジャネットはチラリとテーブルの上を見た。皿にまだまだてんこ盛りのスイーツがぎっしりと置かれている。つまり、先ほど言っていた通り、痩せすぎを解消しろということのようだ。

「それにしたって、ちょっと多すぎるんじゃ……」

「多くない！」

口答えするとすぐにアマンディーヌにピシャリと否定された。

ジャネットは改めてテーブルを確認する。皿の上のてんこ盛りのスイーツがいつの間にか減っていないかと期待したが、さっきと変わっていなかった。

やっぱりどう見たって多すぎる。何かいい手はなかろうかと考え、閃《ひらめ》いた。

「そうだわ、アマンディーヌ様。アマンディーヌ様も素敵な男性に見初められるように太らないと。よろしかったら少し、差し上げましょうか？」

愛想笑いを浮かべたまま、ジャネットは皿ごとアマンディーヌの前に置いてみた。

「なんですって？」

「だから、アマンディーヌ様も素敵な男性に――」

メラメラとアマンディーヌの後ろから怒りの炎が燃え上がるのを見て、ジャネットはひくひくと頬を引き攣《つ》らせる。

「てめー、やる気あんのかー！　なんでわたしが素敵な男性に見初められなきゃなんないのよ！」

「だって、こんなこと頼んでないですわ！」

「お黙り！　この貧弱洗濯板女が！　そんなに後ろ向きな性格だからパッとしないのよ！」

「なっ、なんですって――!?」

シルティ王女が目をぱちくりとさせる。

「ちょっと、お二人ともおやめになって……」

「「黙っていて！」」

「……あ、はい」

あまりの剣幕《けんまく》にシルティ王女がシュンとして引き下がる。

この日、二人の怒声は延々と王宮内に響き渡り、遠い庭園のガゼボまで聞こえていたとか。

☆　☆　☆

ジャネットが行儀見習いとして王宮に軟禁された翌日、早くも問題が起きた。

アマンディーヌがいつものようにシルティ王女の部屋に行くと、シルティ王女が慌てた様子で駆け寄ってきたのだ。

「アマンディーヌ様！」

「シルティ殿下、いかがなされました？」

「大変よ。ジャネット様がいらっしゃらないの。何かあったのではないかしら？」

シルティ王女は心配そうな様子でおろおろとしている。ジャネットがどこかで倒れているのではないかと心配しているのかもしれない。

それを聞いたアマンディーヌはスッと目を細めた。

「では、わたしが確認して参ります。少しお待ちくださいませ」

「ええ、お願い。慣れないベッドで寝たせいで体調を崩されたのかもしれないわ。倒れていらっしゃらないといいのだけど」

「確認したら、すぐに戻ります」

アマンディーヌはそう言い残し、ジャネットにあてがわれた部屋へと向かった。

ジャネットは顔が地味であろうと体が貧弱であろうと、生粋《きっすい》の侯爵令嬢だ。

今までは小鳥のさえずりで目を覚まし、合図をすれば侍女が水の入ったたらいとタオルを持って現れた。着替えも侍女の手を借り、化粧も髪の毛のセットも侍女、朝食も侍女が頃合いを見計らって部屋まで運んできてくれた。

それが生まれてから十八年間も続く、ジャネットの日常なのだ。

そんなわけで、この日もジャネットは心地よい眠りの中でまどろんでいた。

カチャッという音がした後に、部屋の空気が流れるようにふわりと風が吹く。おろし立てのシーツの匂いに混じり、少しだけ香るフローラルな香り。

ジャネットはその香りに引き寄せられるように無意識に手を伸ばした。

温かい……誰かの手……。

「ちょっと。起きなさい」

その手が頬を優しく撫でる。気持ちがいい。

「うぅん。……もうちょっと」

「だめよ。起きて」

撫でていた手がジャネットの頬を軽く叩く。でも、痛くはなく、優しい叩き方だ。

「もう少しだけ……」

「さっさと起きろって言っているのよ、この洗濯板女がー！」

突然、怒声が響きスコーンと音がする。同時に、眉間の辺りにビシッと鋭い痛みが走った。

「い、痛いっ！」

「いつまでもダラダラ寝ているからよ。さっさと起きなさい！」

ベッドの前で仁王立ちしてメデューサの如《ごと》くこちらを見下ろしているのは、アマンディーヌだ。今日も完璧に施した化粧で文句なしの美しさ。体形は明らかに男だけど。

「へ？　アマンディーヌ様？」

どうやら、ジャネットは寝ぼけているうちにアマンディーヌにデコピンを食らったらしい。

「な、何をなさるの！　レディの部屋に朝から押し入るなんて！」

「アンタが初日から姿を現さないってシルティ王女殿下が心配しているから、見に来たのよ。文句を言うならちゃんと起きなさい！」

アマンディーヌに叱咤され、ジャネットは一気に目が覚めた。

よくよく部屋を見回せば、ピカデリー侯爵家の淡いブルーに統一されたジャネットの部屋とは明らかに違う光景が広がっている。白い壁紙と木の床張りの、シンプルな部屋だ。

昨日の記憶が蘇《よみがえ》り、ジャネットはサーッと血の気が引くのを感じた。ジャネットは今日から行儀見習いで、シルティ王女殿下付きになったのだ。

——う、うそっ！

侍女の朝は早い。シルティ王女が起きる前に身支度を完璧に整え、王女殿下が朝気持ちよく起きられるように準備しなければならないのだから。

きっと、行儀見習いも似たようなもののはずだ。それが、ジャネットは初日からどうやら……、いや、間違いなく寝坊したらしい。

「まあ、大変だわ！　アマンディーヌ様、もっと早く起こしてくださいませ」

「はぁ!?　何言っているのよ。わたしはアンタの三倍ぐらい準備に時間がかかるんだからね。なんでわたしがアンタのこと起こさないといけないのよ」

呆れたように見下ろすアマンディーヌをジャネットは見上げた。

完璧に塗られた化粧は一切の手抜きがなく、髭《ひげ》の剃り残しなどはもちろんない。艶やかな長い金髪は天に向かって見事に盛られており、その一部だけが結われずにほつれて落ちているのがかえって色っぽく見える。そして体にぴったりと合った豪華なドレス。残念ながら、ここはノーコメントとしておく。

確かにこれを準備するのは一時間やそこらでは済まなそうである。ジャネットの三倍の時間がかかるというのも納得だ。

ジャネットはコホンと咳払いをして、アマンディーヌに向き直った。

「これは失礼しましたわ。準備してすぐに参ります」

自分自身が侍女のようなものなのだから、今ここでジャネットの世話をする侍女は当然ながらいない。ジャネットはすぐに着替えようと寝間着に手をかけた。

「ちょっ、待ちなさい！　まだわたしがいるのに、何脱ごうとしているの！」

焦《あせ》ったようにアマンディーヌが叫ぶ。ジャネットは訝《いぶか》しげにアマンディーヌを見つめた。

「だって、アマンディーヌ様の心は乙女でしょう？」

「は？」

「乙女になりきるために女装しているのではないのですか？」

ジャネットにしてみれば、同性の人前で脱ぐことになんの抵抗もない。着替えや風呂ではいつも侍女達の前で素っ裸になっているのだから。目の前のアマンディーヌについても生物学的には男だが、心が乙女なら問題ないと思ったのだ。

「…………。それはそうなのだけど、これはまずいわ」

なぜか返事に間があった。

そして狼狽えたように慌てて出て行ったアマンディーヌを眺めながら、ジャネットは首を傾げたのだった。

☆　☆　☆

準備を終えてシルティ王女のもとを訪れたジャネットは、初めて自らの任務内容を聞いて目を丸くした。

「シルティ様と一緒にレッスンを受ける……ですか？」

「そうよ。殿下は日々辛い教育を受けて、とても大変な思いをされているのよ。この辛さを乗り越える同志を求めていらっしゃるの！」

そう言うと、アマンディーヌが手に持っていた扇をパシンと閉じた。椅子に座っているシルティ王女は同意するようにうんうんと首を縦に振っている。

「ということで、ジャネット嬢にはシルティ王女殿下と一緒に毎日数時間、完璧な淑女になるためのレッスンを受けていただくわ。いいわね？」

どんなひどい目に遭《あ》わされるのかと思っていたジャネットは、拍子《ひょうし》抜《ぬ》けした。レッスンを受けるだけなら、思ったよりもずっと楽そうだ。

「はい。承知いたしました」

「ふふっ。よろしくね、ジャネット様」

シルティ王女が嬉しそうに、にっこりと笑う。

その後、アマンディーヌから一通りの説明をされた。その結果わかったことは、行儀見習いというからには侍女の真似ごとかと思いきや、ジャネットについてはそうではないということだ。

先ほど言われた通り、ジャネットのすべきことは、シルティ王女が受けるレッスンを一緒に受けること。シルティ王女がいつか他国の王族に嫁いでも恥ずかしくないような完璧な淑女になるためのレッスンを受ける上での、同志ということらしい。

とはいっても、全《すべ》てのレッスンを一緒に受けるわけではなく、どれを受けさせるかはアマンディーヌが決めるようだ。そして残りの時間は他の侍女達と共に働くこととなる。

「では、早速始めるけれど、まずはこれを」

アマンディーヌが手元の布の袋から何かを取り出す。そして、豆のようなものが入れられている小さな布製の袋を手渡された。シルティ王女も同じ布の袋を受け取っている。

「これはなんですの？　おもちゃかしら？」

「おもちゃじゃないわよ。これはこうするのよ」

いったいなんなのか見当が付かずに眉を寄せるジャネットの横で、シルティ王女はその袋を頭に載せて見せた。シルティ王女の頭の上にちょこんと小さな布袋が載った、なんともおかしな格好だ。

突然何を始めるのかと目を丸くするジャネットの横で、アマンディーヌがゴホンと咳払いする。

「いいこと？　美しい立ち姿、座り姿は姿勢のよさが重要なのよ。常に頭のてっぺんを糸で吊られていると意識して行動するの。手始めがこの布袋よ」

「はあ……」

アマンディーヌはジャネットが持っている布袋を手から取り、それをジャネットの頭の上に置いた。

「これからは基本的に、この布袋を頭に載せて日常生活を送っていただきます。もちろん、俯かなければならないときは別だけれど、背筋が伸びた美しい姿勢を取っていれば、これは落ちないはずなの。普段から俯いてばかりいて背筋が丸まっていると、出るところも出ないわ」

そう言いながらアマンディーヌの視線がチラリと自分の胸元に移った気がしたのは気のせいだろうか。うん、気のせいだと思おう。

ジャネットは確かに、地味な見た目と婚約者にないがしろにされている劣等感から俯いていることが多い。背筋も知らずと丸まっているかもしれない。これは、それを直すいい機会なのではないかと思えた。

「わかりましたわ」

ジャネットはコクリと頷《うなず》く。その拍子に布袋がポトリと落ち、ジャネットは慌ててそれを頭に載せ直した。

「あ、そうそう。落とした回数分はペナルティーとして、後で腹筋をしてもらうから」

アマンディーヌが思い出したように付け加える。

「へ？」

聞き返した拍子にまた布袋が落ちる。

「だって、そうしないと頑張りがいがないでしょ？」

アマンディーヌは朗《ほが》らかな笑顔を浮かべてそうのたまった。

――いやいや、頑張りがいとか全く必要ありませんから！

ジャネットは心の中で突っ込んだ。

そんな重要な情報を後出しするなんて、ひどすぎる。舞踏会で必死になってダンスカードの予約を全部埋めて達成感に浸っているところで、本命の麗《うるわ》しの王子様がサプライズ登場するようなものだ。

そりゃないよ、オネエ様。

布袋が床に転がったのを見たシルティ王女は「あらっ」っと呟いた。自分のものは落とさないように器用に屈《かが》んでそれを拾い、またジャネットの頭にそっと載せる。

シルティ王女はジャネットの両手を白く美しい手で包み込むように握りしめた。

「ジャネット様。このペナルティーがなかなか辛いのです。でも、ジャネット様という同志ができて、わたくしも頑張れそうですわ！」

「ええ!?」

そこでジャネットに名案が閃いた。

落とした回数なんて誰もチェックしていないのだから、ごまかせばよくない？

よし、そうしよう！

「アンタ、不正は許さないわよ」

こちらを見つめるアマンディーヌの眼光がギラリと鋭くなった。

「あら、嫌だ。そんなことをするわけがありませんわ。オホホホホ」

「そうよね。わたしとしたことが、失礼なことを言って悪かったわ」

ジャネットとアマンディーヌがオーッホッホと声高々に笑う。

なんだこのオネエ、エスパーか？　とジャネットは頬を引き攣らせた。

そのとき、動揺からジャネットの頭の上の布袋が再びぽろりと落ちた。

落ちた布袋を拾ったアマンディーヌはそれをジャネットの頭に載せながら、頬に手を当てる。

「この調子だと今日のジャネット嬢のペナルティーは、百回を超すわね……」

「い、嫌ぁ――！」

叫んだ拍子にまた布袋がポトリと落ちた。

☆　☆　☆

ジャネットが行儀見習いになってから一週間が経過した。

最初の頃は一日に何度も落としていた布袋も、一週間もすると慣れてきて、あまり落とさなくなってくる。しかし、ジャネットは別の問題に直面していた。

「い、痛い……。お腹が……」

動くたびに襲ってくるのは鋭い痛み。

そう、ジャネットは激しい筋肉痛に襲われていた。ちょっと動くたびにズキーンとお腹に痛みが走る。笑ったりしたらもう大変だ。泣けてくるくらいの激痛である。

「ジャネット様。大丈夫ですか？」

横でジャネットの様子を眺めていたシルティ王女が、心配そうにその顔を覗き込む。ジャネットは慌ててオホホっと愛想笑いをした。

「あら、もちろん大丈夫ですわ。お見苦しいところをお見せしてしまい、失礼いたしました」

本音を言えば、全然大丈夫じゃない。

笑うたびに腹筋に鋭い痛みが走り、日常生活に支障が出ている。

それもこれも、あのオネエのせいだ。しかし、文句を言ったら余計に自分の首を絞めることになるのは目に見えているので、もうこれはこの頭の布袋を落とさないようにする他、どうしようもない。

ジャネットの返事を聞き、シルティ王女はホッとしたように微笑んだ。

「よかったわ。実は、今日からジャネット様を別のレッスンにお誘いしようと思っていたの。ねえ、アマンディーヌ様？」

シルティ王女がアマンディーヌのほうを振り返ると、アマンディーヌはにっこりと微笑んで頷いた。

「はい。今日からジャネット嬢にも参加してもらいます」

「別のレッスン……？」

ジャネットは眉をひそめる。

「ええ。ジャネット様もご一緒に、この後早速向かいましょう」

にこにこしながらそう言ったシルティ王女を見つめながら、ジャネットには嫌な予感がびんびんしていた。

レッスンに先立ってアマンディーヌから手渡されたのは、ゆったりとした上下白色の上着とズボンだった。シルティ王女も同じ服を渡され、これに着替えるという。

そして、その見慣れない服を着てシルティ王女の後を追うこと数分。辿り着いたのは、なぜか王宮のダンスホールだ。

王宮のダンスホールは、言うまでもなく舞踏会などの大規模なパーティーを行う場所だ。

その贅《ぜい》を尽くした広い王宮のダンスホールの中央に、見慣れない薄いマットが敷かれている。

高い天井からは煌びやかなシャンデリアがぶら下がり、壁にも天井にも精緻《せいち》な絵が描かれている。白い柱には彫刻が施され、壁際には美術品のモニュメントが置かれている。

そんな豪華なダンスホールの床を覆う高級感たっぷりの絨毯《じゅうたん》の上に、ちょこんと置かれたマット。部屋を見渡しても他に特に道具はない。はっきり言おう、違和感しかない。

――何をするのかしら？

まさかここで昼寝でもするのだろうかと、ジャネットは不思議に思った。

「ここで何を？」

「ここではダンスのレッスンもよくするけれど、今日はヨガのレッスンをするわよ」

「ヨガ？」

アマンディーヌから発せられた聞き慣れない単語に、ジャネットは眉根を寄せた。『ヨガ』なんて、聞いたことがない。

「ヨガは外国の健康法のひとつよ。インナーマッスルを鍛《きた》えるの」

「インナーマッスル？」

またもやジャネットの知らない単語である。

「体の中の筋肉を鍛えるのよ。いいこと？　今ジャネット嬢には日々太ってもらっているけれど、このままではいずれ豚になるわ」

「ぶ、豚!?　アマンディーヌ様が太れって言ったんじゃないですか！」

あまりのひどい言いように、ジャネットは思わずアマンディーヌに詰め寄った。

婚約者を骨抜きにできるような美しさを手に入れるはずが、豚にされたのでは話が全く違う。

「まあまあ、落ち着きなさい」

アマンディーヌはジャネットを落ち着かせるように、その両肩をポンと叩く。

「魅惑的な女性とは、それなりに豊かな胸と触れればマシュマロのような柔らかな体、そしてほっそりとした腰がセットなのよ。けれども、ほっそりとした腰を作るために痩せると体は出がらしの鳥のように骨と皮になる。一方、柔らかな体を作るために太れば腰回りもぽっちゃりとする。つまり、この相反する二つを両立させることこそが、魅惑的なボディの勝ち組への道なのよ！」

アマンディーヌが声高らかに宣言すると、横からパチパチと拍手が聞こえてきた。

ふと見ると、シルティ王女が感動したように目を輝かせ、拍手を送っている。壁際の見目麗しい近衛騎士達もうんうんと同意するように頷いている。

そうなのか？　そうなのか？　体形には好みがあるのでは？　と、ジャネットはちょっとした疑問を持った。

ジャネットの友人のご令嬢にだって、筋肉ムキムキの軍人体形が好きな人もいれば、スレンダーなソフトマッチョが好きな人もいる。

どうにも腑《ふ》に落ちないジャネットは、周りの人に確認してみることにした。とりあえず、一番近くにいる近衛騎士に声を掛ける。

「騎士様、ひとつお聞きしても？」

「もちろんです、レディ。なんでしょう？」

「騎士様もふくよかな胸とほっそりとした腰のセットがお好きですか？」

「それはもう、理想的であります」

見目麗しい近衛騎士がにっこりと微笑む。

どうやら、この男にとってはアマンディーヌの言うことが正論らしい。ジャネットは「ありがとうございます」とお礼を言うと、今度はその隣にいる近衛騎士の前に移動した。

「騎士様。では、あなたもふくよかな胸とほっそりとした腰のセットものがお好きなの？」

「もちろんです。そのふっくらとした肌に、思わず触れて吸いつきたくなりますね」

次に尋ねた近衛騎士はそう言って口の端を上げる。

ジャネットは無言でこの近衛騎士を見上げた。切れ長の瞳にスッと通った鼻梁《びりょう》。整った眉は彼をより凛々《りり》しく見せている。つまり、なかなかハンサムな近衛騎士だ。きっと、さぞかし年頃のご令嬢にもてることだろう。

ハゲデブのおっさんが言ったら犯罪予備軍と大騒ぎになりそうなこの台詞《せりふ》も、見目麗しい近衛騎士が言うとなぜかセクシーに聞こえる。なんという世の不条理。

ジャネットは無言で頷いてその場を後にすると、次の近衛騎士に声を掛けた。

「では、あなたもやはり同じなのね？」

「わたしはどちらかと言えば、ないものを寄せて集めるのが……」

「寄せて集める？」

ジャネットが眉をひそめ、怪訝《けげん》な声で聞き返した。

寄せて集めるとは、いったい何を集めるのだろうか。詳しく話を聞こうとすると、アマンディーヌがすっ飛んできてガシッと近衛騎士の肩に腕を回した。

「とにかく、ボン・キュッ・ボンのメリハリボディを手に入れることが重要なの。それが魅力的なの。アンタもそう思うでしょ？　ねえ、そうでしょ？　そうよね？」

「はっ。その通りであります」

心なしかアマンディーヌの眼光がいつも以上に鋭く見えるのは気のせいだろうか。

「さっき、何かを集めるって言っていらしたわ」

「『魅惑的すぎて視線を集めるのは困る』と言いかけました」

「そうなの？」

ジャネットは首を傾げる。だが、本人がそう言うならそうなのだろう。

ジャネットはうーんと唸った。

なんとなくまだ腑に落ちないが、とりあえず今ここに三人いる男性が三人とも合意したということは、この理論は世の大多数の男性にとって間違いないらしい。アマンディーヌも男とカウントするならば四分の四だ。

ジャネットもようやくそんなものなのかと納得した。

「そういうものなのですね。わたくし、知りませんでしたわ」

「わかってくれてよかったわ。では、早速レッスンを始めるわよ。わたしの格好を真似してね」

「はい、わかりましたわ」

アマンディーヌが大広間の中央に座り、シルティ王女がそれに向かい合うように座る。ジャネットも見よう見まねでシルティ王女の隣にマットを移動させて、そこに座った。

ちょっとした準備運動をしてから、アマンディーヌはシルティ王女とジャネットと向き合うように改めて座り直した。

「はい、始めるわよー。よく見てね。まずはこのポーズ」

掛け声と共に、アマンディーヌがポーズを取った。

今アマンディーヌがしているのは、マットの上に座ってあぐらをかくような格好だ。ジャネットもアマンディーヌの真似をする。吸って、吐いて、という掛け声に合わせて呼吸すると、なんだかリラックスできたような気がした。

「続いてはこれ」

その次のポーズも座ったままで、今度は足の裏をぴったりと合わせた。これも難《なん》なくできる。

――このレッスンは、簡単だわ。

これは楽勝かもしれないと、ジャネットは心の中でガッツポーズをした。

「はい。次はこれよー」

次々とポーズが変わり、今度は仰向けになって床に手を当てると、尻をしっかりと上げて体を支え、足はピンと伸ばして頭の上に指先を向ける仰向け前屈のような格好だった。この辺から雲行きが怪しくなる。下半身を支えると筋肉痛のお腹がプルプルと震え、容赦ない激痛がジャネットに襲いかかってきた。

「い、痛い……」

「こらそこ！　足を揺らさないの！　曲げない！　尻をもっと高く上げるのよ！」

間髪《かんはつ》を容《い》れずにアマンディーヌの怒声が広いダンスホールに響き渡る。あのオネエ、目がいくつくっついているんだ？　後ろにもついているんですか？　とジャネットは恐れおののいた。

「さあ、のってきたところでこれよ」

にっこりと微笑むアマンディーヌがまたポーズを変えた。

全然のっていないし！　と言いたい気持ちを必死にこらえ、ジャネットはアマンディーヌを見た。

爽やかな笑顔でアマンディーヌが取っているポーズは、両手を横に真っ直ぐに広げ足は両足を揃えて伸ばしている、まるで体を十字架のように見せるような格好だった。片手と足が床に着いており、体を斜めに真っ直ぐ支えている。

隣のシルティ王女殿下がそのポーズを難なく真似て行っているのを見て、ジャネットもすぐにその真似をした。

ところがだ。見た目は簡単そうに見えるこのポーズ、なかなかのものだ。

腕はプルプル、お腹もプルプル、全身プルプルである。

――き、きついわ……。痛い……。

生まれたての子鹿の如く全身をプルプルと震わせていたジャネットは、遂《つい》に力尽きて崩れ落ちた。

「あっ、ジャネット様！　大丈夫ですか？」

すぐにジャネットの様子に気付いたシルティ王女が、心配そうに駆け寄ってきた。アマンディーヌもその様子を見て立ち上がり、ジャネットの前へと寄ってきた。

「どうしたの？」

「お腹も腕も痛くて、限界ですわ」

「……ジャネット嬢。圧倒的にインナーマッスルが足りていないわ。これはきついわね」

はぁっと息を吐くアマンディーヌを見たジャネットは、これはチャンスなのではと気付いた。これでお役御免《ごめん》だと首振り人形のようにコクコクと首を振る。

「そうなのです。やっぱりわたくしには難しいみたいで……」

「そう……」

「はい！　とても無理ですわ！」

「仕方ないわ……」

アマンディーヌがはぁっと息を吐く。その様子を見て、ジャネットは申し訳なさそうに顔を俯かせる。しかし、脳内では『ミッションコンプリートォォ！』と拳を握り、声を大にして叫んでいた。

「よし、わかったわ。ジャネット嬢にだけ、シルティ王女殿下とは別に特別レッスンを追加しましょう」

「え？」

「安心しなさい。わたしはジャネット嬢を見捨てたりはしないわ。まだまだ時間はあるもの。わたしと一緒に頑張りましょうね」

顔を上げるとアマンディーヌが親指を立てて、歯を見せて爽やかに笑っていた。今この状況で全く無用の爽やかさと男前っぷりである。

「まぁ！　よかったですわね、ジャネット様。わたくしも最初はついていくのが大変で大変で。でも、すぐに慣れますわ。頑張ってくださいませ」

シルティ王女殿下はアマンディーヌの心遣いに感動したように、ジャネットの両手を握った。

「ええ!?」

お役御免になるはずが、なぜかレッスンが追加されるという摩訶《まか》不思議なこの現象。

「いやぁぁぁ――――！」

「まぁ、こんなに感激して泣くほど嬉しいのね」

「本当に。よかったですわ」

アマンディーヌとシルティ王女殿下は見つめ合ってよかったよかったと頷き合う。ジャネットの歓喜（？）の悲鳴がダンスホール中に響き渡った。

第三章　ジャネット、段々楽しくなる

ジャネットが王宮の行儀見習いになって一ヶ月程がたったこの日、アマンディーヌが白い封筒を持ってシルティ王女の部屋を訪ねてきた。

「シルティ王女殿下。いくつか舞踏会の招待状が届いておりますわ。行かれますか？」

「舞踏会？　行きたいわ！　どこからかしら？」

「今来ているのはヘーベル公爵家、ジャニール侯爵家、フェラール侯爵家ですわ」

「日程が合えばどれも行きたいけれど……」

「今のところ、公務は入っておりません」

「エスコートはエリックお兄様かアランお兄様がしてくださるかしら？」

「エリック殿下の予定を確認して参ります。では、返事はわたしから出しておきますわ。あと、ジャネット嬢。あなたにもお手紙よ。あなたの愛しの婚約者殿から」

アマンディーヌはにっこりと微笑むと、封筒をシルティ王女とジャネットの前に置く。そして、「では、またのちほど」と言って部屋を出て行った。

ジャネットは今しがたアマンディーヌが置いて行った封筒を見つめた。

シルティ王女の前には、ジャネットもよく知る名門貴族であるヘーベル公爵家の家紋が刻印された封筒を始めとして、上質な紙を使用した招待状が三通ほど置かれている。シルティ王女はその封筒のひとつを手に取ると、ペーパーナイフを使って早速封を開け始めた。

「シルティ様。『アランお兄様』ってどなたですの？」

ジャネットは封筒を開けて中を確認しているシルティ王女に、内緒話をするようにコソッと尋ねた。

ジャネットは侯爵令嬢なので、王族の家系図はもちろん頭にしっかりと入っている。しかし、ジャネットの記憶ではシルティ王女の兄に当たる人はレイモンド王太子とエリック王子のお二人で、『アラン』はいないはずだった。

「え？　アランお兄様はヘーベル公爵家のご子息よ。今さらそんなことを聞くなんて、どうしたの？」

キョトンとした顔でシルティ王女が首を傾げる。ジャネットは「あら、そうでしたわ」と慌てて取り繕った。

ヘーベル公爵家と言えば、王家とも縁続きの由緒正しき公爵家だ。確か、国王陛下の姉上がヘーベル公爵家に嫁いでいたはずだ。つまり、アラン様ことアラン＝ヘーベルはシルティ王女の従兄弟《いとこ》に当たる。

ジャネットは直接会ったことがないが、友人達から何度かその名前を聞いたことがあったことを思い出す。ヘーベル公爵家の次男で、ジャネットの友人も含めた若いご令嬢の間では『クールだ』とか『素敵だ』とか『ハンサムで、見ているだけでクラクラする』と騒がれている憧れの存在だ。

白い肌と艶やかな漆黒の髪がミステリアスだとか、女性に対するちょっと距離を置いた態度がたまらないとか、とにかくキャーキャー言われているのは知っている。ジャネットはダグラスという婚約者がいるので、いつも聞き役に徹しているだけだが。

「シルティ様のエスコート役はよくアラン様がされるのですか？」

「うーん。エリックお兄様とアランお兄様で半々ね。でも、アランお兄様のエスコートのほうがわたくしは好き。優しいし、ダンスのリードが上手だもの。わたくしのダンスの練習もよくアランお兄様にお相手してもらっているから、慣れているし」

シルティ王女は答えながらにこにこと笑う。

「まあ、そうなのですね」

ジャネットはシルティ王女の話を聞きながら相槌を打った。

ジャネットの知る限りでは、ヘーベル公爵家は代々宰相《さいしょう》を出している国のブレイン的存在だ。うろ覚えの記憶では、アラン＝ヘーベルはジャネットよりひとつ歳上で現在十九歳のはずだ。

きっと宰相である父親の補佐で王宮に出入りしているはずだから、シルティ王女もそこでよく顔を合わせているのだろう。

一通目に目を通し終えたシルティ王女は次なる招待状に手を伸ばし、ペーパーナイフで開封した。それにざっと目を通すと、今度はジャネット宛ての手紙を興味深げに見つめる。

「ところで、ジャネット様のお手紙にはなんて書いてあるの？　もしかしたら、ダグラス様はジャネット様にお会いできなくて寂しくなっているのかもしれないわ」

シルティ王女が落ち着かない様子だ。そう言われて、ジャネットは初めて自分の目の前に置かれた封筒に意識を移した。

封筒には婚約者ダグラスの名前が直筆でサインされている。裏の赤い封蠟《ふうろう》も間違いなくダグラスの実家である、ウェスタン子爵家のものだ。

ジャネットはダグラスとあの日の夜会を最後に、一ヶ月ほど会っていない。彼は少しくらい自分に会えないことを寂しいと思ってくれているだろうか。そう思ってくれていれば、嬉しいと思った。

少しわくわくする気持ちを落ち着かせ、ジャネットは努めて平静を装い、シルティ王女が使い終えてテーブルに置いたペーパーナイフに手を伸ばす。ピリッと小気味いい音を立てて封を切ると、中身を取り出した。

——なんて書いてあるのかしら？

早く見たくてたまらない。はやる気持ちを抑えて一通り読み終えたジャネットは、スーッと気持ちが冷えていくのを感じた。無言でそれを元のように折りたたむと、封筒に戻した。

「お手紙にはなんて？」

シルティ王女が待ちきれない様子でそう尋ねてきた。

「わたくしが留守にしているから、社交パーティーではしばらくの間、他のご令嬢のエスコート役をしてもよいかと」

「まぁ……」

シルティ王女の形のよい眉の間に僅《わず》かに皺が寄った。

エスコート役は通常、婚約者がいれば婚約者が行う。婚約者がいるにもかかわらずそれを行わないのは、不仲を窺わせるために外聞がよくない。

ただ、婚約者が病気療養中や、仕事で長期不在のときは例外だ。

なぜなら、貴族にとっての社交パーティーは仕事の顔つなぎの場を兼ねているからだ。ダグラスはジャネットと結婚すればピカデリー侯爵家の跡取りとなるので、将来のためにも社交界で顔を売る必要がある。

本当は、無理と承知でも一言だけ『一緒に参加できないか』と聞いてほしかった。返事は同じでも、その一言だけでジャネットの気持ちは救われたのに。

「仕方がありませんわ。わたくしが長らく王宮にいるので、彼も困っているのだと思います」

「ジャネット様……」

シルティ王女は眉根を寄せたままジャネットを見つめる。

ジャネットはチクリと刺さる胸の痛みに耐えながら、シルティ王女に、にっこりと笑いかけた。

☆　☆　☆

アマンディーヌは王室付きの美容アドバイザーという肩書きだか、髪を結うのもとても巧みだ。時々、朝侍女が結ったシルティ王女の髪がほつれると、全部ほどいて綺麗に結い直している。

この日もヨガレッスンのせいですっかりほつれてしまったシルティ王女の髪を、アマンディーヌは器用に結い上げていた。

「アマンディーヌ様はさすがですわね」

「小さい頃からやっているからね」

「まあ。そうなのですね」

面白いように結い上がってゆく髪を眺めながら、ジャネットは感心したようにほぅっと息を吐く。そんなジャネットを一瞥《いちべつ》すると、アマンディーヌは口の端を少しだけ上げた。褒められて悪い気はしないのだろう。

アマンディーヌがシルティ王女にしていたのは、髪の毛の一部を一括りにまとめ、その周りに残った髪を複雑に巻き付けてゆくという、かなり凝《こ》った髪形だった。少しずつ髪をまとめ上げ、ほどよい緩めなシルエットを作り出している。

ジャネットはその様子をじっと見つめた。

時々手を止めては少し離れてシルティ王女を左右から眺めるアマンディーヌは、何も考えずに巻き付けているように見えて、見た目のバランスや崩れにくさなどをきちんと計算しているのだろう。器用に髪をまとめ上げていた。

「何？　どうかしたの？」

見入ったまま彫刻のようにピクリとも動かないジャネットを見て、アマンディーヌは怪訝そうな顔をした。

「アマンディーヌ様は本当にすごいですわね」

「そう？」

「はい。驚きましたわ。とてもお上手ですわ」

「ふふっ、ありがとう。終わったらジャネット嬢の髪もやってあげるわ」

機嫌よさそうに鼻唄を歌っていたアマンディーヌは、最後の後れ毛を整えるとポンッと両手をシルティ王女の両肩に置いた。シルティ王女が髪形を確認するように姿見に見入る。

「まあ、素敵だわ。ありがとう」

「いえ、お安いご用ですわ。わたしがこんなことをできるのもシルティ王女のおかげですもの」

「ふふっ、それもそうね」

シルティ王女は扇で口元を隠すとクスクスと笑う。アマンディーヌは、大きな姿見の前に椅子を置いた。

「ほら、ジャネット嬢もどうぞ」

「ありがとうございます」

勧められた椅子に座ると、髪の毛を留めているピンが外されて、ばさりと肩に髪が落ちた。くせの強い髪の毛はひっつめにしていたせいでしっかりと結び痕がついてしまっている。先ほどシルティ王女が髪を下ろしたときの流れ落ちる滝のようなさらさらした髪とはまるで違う。

元々自分の見た目にあまり自信のないジャネットだが、このくせの強い髪の毛はその中でも一番コンプレックスに感じている部分だ。

「ジャネット嬢。髪は何で手入れしているの？」

絡まったくせの強い髪を丁寧に櫛《くし》でとかしながら、アマンディーヌがそう尋ねてきた。

「一応、毎晩ローズパックを使っているのですが……」

ジャネットは消え入りそうな小さな声で答える。

ローズパックは今、貴族令嬢に大人気の髪の化粧品だ。髪の毛がさらさらになると有名だけれど、くせが強く扱いにくいジャネットの髪は相変わらずライオンのように広がってしまう。

「ローズパックはとてもいい製品だけれども、ジャネット嬢はカメリアオイルに替えたほうがいいわ。パサつきやすいみたいだから。カメリアオイルはローズパックよりも髪をしっとりさせる効果が高いの」

「カメリアオイル……ですか？」

「ええ。あまり出回ってないから、わたしが持っているものを明日にでも渡すわ。髪を洗った後、まだ湿っているうちに少量をよく馴染《なじ》ませるのよ。しっとりして扱いやすくなると思うわ」

アマンディーヌは説明しながらもジャネットのクルクルの髪の毛を器用に結い上げてゆく。ジャネットはその様子を鏡越しにじっと眺めた。

「ライオンみたいでみっともないと思いません？」

「ライオン？　――ああ、昔言われたことを気にしているの？」

「ええ……」

ジャネットはふと違和感を覚えた。

――アマンディーヌ様に、『ライオン』とからかわれたときの話をしたかしら？

パチパチと目をしばたたかせてアマンディーヌを見つめたけれど、アマンディーヌは何事もなかったように髪を梳《す》いている。

ここに来てからアマンディーヌやシルティ王女とはいろいろな話をした。もしかしたら、ふとしたときに話したのかもしれないとジャネットは思い直した。

「ジャネット嬢みたいな後ろ向きなライオン、見たことがなくてよ。ライオンを気取るならもっと強気でいなさいな。それに、たてがみがあるのはオスよ？　たてがみが立派なほど、メスにもてるの」

「まあ、そうなのですか？」

ジャネットは、目をぱちくりとさせた。ライオンたるもの、皆たてがみがあると思っていたのだ。

「知らなかったの？」

「ええ。本の挿絵のライオンは、いつだってたてがみがありますから」

「ばかねぇ」

アマンディーヌはそう言うと、クスクスと笑った。そして、ジャネットの髪を丁寧に結ってゆく。

かなり扱いにくいくせ毛であることは明らかなのに、何も言わずに結ってくれる気遣いが心に染みる。『ばか』と言われたのに、なぜかとても優しい印象を受けた。

そうこうするうちに、アマンディーヌはジャネットの顔の周りにだけ三つ編みを作り、残った部分を後ろでお団子状にしてゆく。

「まあ、すごいわ。わたくしがやると上手くいかなくて、ここに来てからはいつもひっつめばかりなのです。屋敷でも、侍女達がいつも大変そうで」

「これは難しいように見えて意外と簡単だから、やり方を教えてあげるわ。こうするの」

ジャネットにも後ろが見えるように、椅子の向きを少しだけ斜めに変えられた。鏡に映るジャネットの髪の毛は、ほどよくふんわりとまとめ上げられている。アマンディーヌは器用にお団子をまとめると、最後に残っていた三つ編みの髪の毛をクルリとお団子の芯になる髪に巻きつけてピンで留める。

そして、花瓶から花を一輪抜いてそのお団子の付け根に挿した。

「ほら。可愛くなったわよ」

アマンディーヌが終わりの合図でジャネットの両肩をポンと叩く。

「まぁ、ジャネット様。とてもお綺麗ですわ」

シルティ王女も頬を綻ばせてジャネットを褒める。

ジャネットは鏡に映る自分を見た。顔周りはすっきりとしていながら、後ろはしっかりとボリュームが出ている。鏡越しに、先ほどアマンディーヌが髪に挿した黄色いお花が僅かに見えた。

「すごいわ、アマンディーヌ様。ありがとうございます」

「どういたしまして」

アマンディーヌが口の端を上げる。

ジャネットはもう一度鏡の中の自分を見た。ただ髪形を変えただけなのに、なんだか自分に可愛くなる魔法を掛けられたような気がした。

☆　☆　☆

ジャネットの住む国における貴族にとって一番の社交の場。それはもちろん舞踏会や夜会である。サロンと呼ばれる比較的小規模な集会もあるが、やはり大きなものは王宮や有力貴族の屋敷で開催される舞踏会だ。

そして、舞踏会では男女がペアを組んでダンスを踊る。男性が女性をリードして向き合って踊るのが主流で、そのダンスが下手くそだと男女共に社交界で恥をさらすことになるのだ。

王宮には大きなダンスホールがある。ジャネットが毎日のようにヨガレッスンをしているあのダンスホールだ。

千人規模の招待客が入っても余裕のある広さで、壁や天井には王家のお抱え絵師による繊細な絵が一面に描かれている。その合間の桟《さん》の部分には全体に金箔が張られ、天井からは大きなシャンデリアがぶら下がっている。そして、壁際にはたくさんの彫刻が鎮座《ちんざ》していた。

まさに豪華絢爛《ごうかけんらん》という言葉がぴったりのこのダンスホールに、この日、オネエの声が響き渡っていた。

「はい。ワン、ツー、スリー。ここでターン。優雅にクルリとね」

手拍子と共にアマンディーヌが指示を出す。ジャネットはレッスンで相手をしてくれている近衛騎士に片手を預け、その場でクルリと回った。気持ちの上では優雅にクルリと回ったのだ。

「いっ」

「あら、ごめんなさい。失礼しました」

近衛騎士が小さく悲鳴を上げたのでジャネットは慌てて謝る。

今、よろけた拍子にパートナー役の近衛騎士の足を思いっきりヒールで踏んでしまったのだ。

そう、何を隠そう、ジャネットはダンスがとても下手くそだ。どれくらい下手くそかというと、それはもう壊滅的なひどさである。

一応本人もそれは自覚しているので、舞踏会に行くと友人のご令嬢達がこぞってダンスカードの予約を全て埋めようと必死になるのに対し、ジャネットはいつも『わたくし、もう全部埋まっていますから』的なオーラを全身からかもし出してやり過ごしている。

もちろん、実際にはダンスカードは一行も埋まっていない。だが、既に婚約者のいるジャネットとしては、必要な挨拶と顔見せさえすればダンスカードが埋まらなかろうが一向に構わないのだ。

「ストップ、ストーップ！　ちょっとアンタ、真面目にやる気あるの!?」

パンパンっと手を叩いてアマンディーヌが音楽の演奏を止めた。ジャネット達がダンスを止めてアマンディーヌを見ると、美しい顔には不機嫌さが滲《にじ》んでいた。

「どうなされたのですか？」

「ジャネット嬢。遊びじゃないのよ？　ふざけないで」

「ふざけてなどおりませんわ。わたくしは至って大真面目です」

ジャネットは少しムッとして口を尖らせた。

ジャネットは確かにちょっとばかしダンスが苦手だが、これでも大真面目にやっている。ふざけているなど、とんでもない言いがかりだ。

それを聞いたアマンディーヌは顎に手を当てると、少しだけ考えるように沈黙した。

「ジャネット嬢。ちょっとそこで一人でステップを踏んでみて」

「お安いご用ですわ」

アマンディーヌのワン、ツー、スリーの声に合わせてジャネットは華麗にステップを踏む。うん、なかなかの出来栄えである。一人ご満悦のジャネットに対し、周りの人間は皆黙り込んで広いダンスホールを沈黙が包み込んだ。

「……今のは何？」

ようやく、アマンディーヌが小さく呟く。

横で同じく眉を寄せてジャネットを眺めていたシルティ王女殿下はハッとしたように表情を明るくし、ポンと両手のひらを打った。

「わたくし、わかりましたわ！　タコの真似ですわね？　とてもお上手です」

「タコ？　言われてみれば、確かにそうね……」

アマンディーヌがつかつかとジャネットに歩み寄り、ポンと肩を叩いた。

「ジャネット嬢。とても見事なタコの創作ダンスだったわ。けれど、わたし達は今、舞踏会のダンスの練習をしているの。それは知っていて？」

「もちろんですわ」

ジャネットは深く頷いた。

自分達は今、舞踏会のダンスの練習をしている。そんなことはジャネットとて百も承知だ。さらに言うならば、ジャネットが今さっき披露したのはタコの創作ダンスではなく、ワルツの初級ステップである。

「では、ちゃんとワルツのステップを踏んでほしいの」

「踏みました」

「え？」

「だから、ちゃんとワルツのステップを踏みましたわ。わたくし、ダンスのステップはあれしか習っておりません」

「なんですって？」

「だから、あれしか習っておりません。あれができればどこでも通用すると教わりましたわ」

ジャネットはアマンディーヌに言い聞かせるように、胸を張ってはっきりとそう言った。

ジャネットのダンスの技術が壊滅的だと早くに気付いたピカデリー侯爵家のダンスの家庭教師は、『これさえ覚えれば、あとはなんとかなる』と言って、ひたすらジャネットにワルツの初級ステップだけを教え込んだ。

ジャネットもダンスレッスンが好きではなかったので、あまり熱心には練習しなかった。すなわち、ジャネットはこれ以外、踊れないのだ。

「ピカデリー侯爵はまだ四十代前半なのに、ボケてしまわれたのかしら？　なぜ一人娘にタコの創作ダンスを？」

「いやですわ、アマンディーヌ様まで。タコの創作ダンスではなくて、ワルツの初級ステップですわ」

「？　ごめんなさい。わたし、耳が……」

心底不思議そうにこちらを見返すのはやめてもらいたい。まだ下手くそだと罵倒《ばとう》されたほうがましである。

ジャネットはアマンディーヌの耳たぶを引っ張って口を寄せると、声を大にして叫んでやった。

「ワルツの初級ステップですわ。ワ・ル・ツ・の・しょ・きゅ・う・ス・テ・ッ・プ。もしもしー、聞こえますかー？　ワルツよ。ワ・ル・ツ。ワルツですよー！」

「やかましいわー！」

アマンディーヌの怒声が響く。ピシッと鋭い痛みが走り、またもやデコピンされた。

「痛いわっ！」

「お黙り！　アンタ、どこまでわたしの予想の斜め上をいけば気が済むの。ダンスは貴族令嬢の嗜《たしな》みなのよ！　ダンスが上手い女性は五割増しでいい女度が上がるのよ！」

「マァ。ソレハスゴイデスワネー」

ジャネットはそう相槌を打ちながら、明後日の方向を見た。

ふと壁を見つめると、窓から差し込む光が一部の金箔に反射してキラキラと輝いている。

なんて美しい、この風景。そうだ、今日はこの後、お散歩に行きましょう。

「ちょっと。なんで明後日の方向を見ているのよ。現実逃避は許さないわよ」

「あら、いやだ。そんなことはありませんわ。あっ、アマンディーヌ様。申し上げるのが遅れましたけれど、実はわたくし、ダンスを踊れなくても大丈夫なんですの」

「ダンスを踊れなくても大丈夫？」

「ええ。実はわたくし、すごい特技があるのです」

ジャネットは勿体《もったい》ぶるように少しだけ声を落とした。

「すごい特技？　いったいどんな？」

アマンディーヌは驚いたように目を見開き、それを聞き出そうと同じように声を落とした。二人は内緒話をするように顔を寄せる。

「聞いて驚かないでくださいませ」

「ええ」

「実はわたくし、ダンスが踊れない代わりに、壁の花を演じさせたら王国一の腕前ですわ。ほらっ、誰も気付かない」

ジャネットは胸を張って声高々に宣言した。そしてダンスホールの壁に寄ると、そこに描かれた絵と壁に飾られた彫刻の一部となりきって、静かに佇《たたず》む。

我ながら完璧な同化ぶりだ。きっとカメレオンもびっくりだろう。

毎回のようにダグラスが舞踏会の会場に到着早々ジャネットを放置するので、いつもこれで舞踏会を乗り切っているのだ。この技術には相当の自信がある。『クイーン・オブ・壁の花』を選ぶコンテストがあるならば、初代クイーンを勝ち取るのはジャネットで間違いない。

「あらまあ、本当だわ。ジャネット様、すごいですわ。まるでいないみたいだわ」

シルティ王女が感嘆の声を上げる。

「これは驚いたな。悪気なく素通りしてしまいそうだ」

近衛騎士達も驚きの声を上げる。ジャネットはフフンと得意げに口の端を上げた。

「あら、わたくしにかかればこれくらいのこと、たいしたことでは――」

「テメー、黙ってろ――！」

アマンディーヌの怒声が大きなダンスホールに響き渡る。

「アンタ、そんなんだから舞踏会の会場の誰からも見向きもされないのよ！」

「誰からも見向きも……」

ひどい言いようだ。いや、なまじ事実なだけに心にグサリと突き刺さる。

アマンディーヌは拳をふるふると震《ふる》わせながらジャネットににじり寄った。

「アンタ、特訓するわよ！　特訓よ！　特訓よー！」

オネエがなぜか三回も同じ台詞を叫んだ。

「えー、たぶん無理だと……（メンドクサ……）」

「えー、じゃない！　無理でもない！」

散々駄々《だだ》をこねたら最後は首根っこを摑まれた。

その日以降、ダンスホールからは優雅な「ワン、ツー、スリー」ではなく、拳法《けんぽう》の気合いを入れるような厳《いか》つい「ワン、ツー、スリー」という怒声が響き渡るようになったとか。

☆　☆　☆

ジャネットが行儀見習いに来てもうすぐ二ヶ月が経とうとしている。束の間の休日を王宮であてがわれた部屋で過ごしていたジャネットのもとにこの日、嬉しい来客があった。

「まぁ、お父様！　ご無沙汰《ぶさた》しておりました」

「やぁ、ジャネット。元気にしていたかい？」

ジャネットはその来客――父親のピカデリー侯爵の姿をみとめるとぱっと顔を輝かせた。慌てて出迎えるために椅子から立ち上がり、迷わずその胸に飛び込んだ。父親が優しくジャネットを抱擁《ほうよう》する。

父親と会うのは、実に約二ヶ月ぶりだ。これまで毎日のように顔を合わせていたのだから、こんなにも長い時間離れていたのは生まれて初めてかもしれない。

ジャネットはあの運命の分かれ道ともいえる舞踏会の翌日、突如としてシルティ王女殿下から直々のお茶会のお誘いを受け、そのままあれよあれよという間に行儀見習いとして王宮に留まることが決まった。

荷物もアマンディーヌがいつの間にか運び込んでいたので、父親へ別れの挨拶もしないままだった。

「お父様、今日はどうされたの？」

「ちょうど王宮に用事があってね。ジャネットの様子が気になったから、見に来たんだよ」

「まぁ、そうだったのですね。ご心配をおかけしました。お父様とお母様はお変わりないですか？」

「ああ、変わらずに元気にしているよ。ジャネットも元気にしているようだね」

「はい。見ての通りですわ」

ジャネットは両手でスカートの端を摘《つま》むと、優雅にお辞儀《じぎ》をして見せた。

毎日のようにアマンディーヌから厳しい特訓を受けているので、背筋もピシッと通った完璧な所作だ。

「これはこれは。少し見ない間にますます魅力的なレディになったね。それに、とても綺麗になったんじゃないか？　まぁ、元々ジャネットは世界一可愛らしいがね」

ピカデリー侯爵の目尻に深い皺が寄る。

ジャネットはピカデリー侯爵家の一人娘なので、両親からとても可愛がられて育った。ピカデリー侯爵は事あるごとにジャネットのことを『世界一可愛らしい』と言う。まあ、それが親のひいき目であることをジャネットは既に百も承知だが。

「お父様、褒めすぎですわ」

「褒めすぎ？　そんなことはない。ジャネットは食が細いから痩せすぎていて心配していたんだ。ちょっと見ない間に少しふっくらとして顔色もよくなったし、とても健康的に見える。綺麗になったよ。わたしがあと二十歳若かったら、ここで跪《ひざまず》いて求婚していたところだ」

「まあ、お父様ったら！」

ジャネットは手を口元に当ててクスクスと笑う。

『綺麗になった』という言葉は、ジャネットにとって、お世辞でもとても嬉しかった。この二ヶ月の努力の成果が少しは出ているだろうか？　父親であるピカデリー侯爵はスッと一歩下がると、ジャネットの前に手を差し出した。

「美しいお嬢さん。一緒にお散歩でも？」

「ええ、喜んで」

ジャネットはにっこりと微笑んで、優雅にお辞儀をする。ピカデリー侯爵も得意げに口の端を上げると、エスコートのために大げさなくらいに肘をピンと立てた。

父親にエスコートされながら、ジャネットは王宮の庭園に散歩に出た。

ピカデリー侯爵家の庭園もとても美しいが、王宮は国中の優秀な庭師を集めているだけあり、その美しさは群を抜いている。全ての植物は咲きどきを綿密に計算されて配置されており、色合いも全体の調和がとれるようになっている。

その庭園は、宮殿側から見下ろすとあたかも幾何学《きかがく》模様の絨毯敷きのように見えた。足元で可愛らしく咲くペチュニア、各々が自分の美しさを強調するかのようなポピー。その完璧なまでに造り込まれた緑の中を歩いていると、おとぎの世界へと誘われたような気がしてきて自然と笑みがこぼれる。

そのとき、ジャネットは前方を見て、ふと足を止めた。

ジャネットが見つめる先にあったのは、ミニバラの花だ。ダグラスと初めて婚約者として引き合わされた日、二人はピカデリー侯爵家の庭園を散歩した。そのとき彼はジャネットの髪に、咲いていたピンク色のミニバラを飾ったのだ。

「お父様、ダグラス様は……」

「ああ。彼は相変わらずだね」

「そうですか。お元気なら、よかったですわ」

ジャネットは、そう言うと静かに前方のミニバラから視線を逸《そ》らした。

ダグラスは、他のご令嬢をエスコートしてもいいかと尋ねる手紙を寄越《よこ》したあの日以降、なんの連絡もくれない。

ジャネットは一抹《いちまつ》の寂しさを感じた。

確かに、この婚約はジャネットが父親におねだりして実現させたものだから、最初からダグラスに恋愛感情がないことはわかっていた。けれども、ジャネットはもちろん、ピカデリー侯爵も決してダグラスやウェスタン子爵家に無理強いをしたわけでない。あちらも納得して婚約したのだから、こんなにも疎《うと》まれる理由がないのだ。

言ってしまえば、ダグラスにとって、ジャネットは手っ取り早く高位の爵位を手に入れるための手段でしかなかったのだろう。

急に無言になったジャネットに気付くと、ピカデリー侯爵はスッと目を細めた。

「ジャネット。お前がどうしてもと望むならわたしも反対しない。だが、よく考えなさい。人生は長い。今ならまだ別の道を選ぶことだってできるんだぞ？」

「あら、まあ……。でも……はい」

ジャネットは小さく返事をした。

きっと父親であるピカデリー侯爵は、ダグラスのひどい噂の全てを知っているのだ。全てを知った上で、ジャネットの気持ちを尊重してくれている。

「父さんはこう見えて意外と偉いんだ。気が変わったなら、すぐに言いなさい。なるべく穏便《おんびん》に事を済ませよう」

ピカデリー侯爵が器用に片眉を上げる。

ジャネットは、曖昧に微笑んだ。

その言葉が意味するところは、この婚約を破棄《はき》してもよい、その場合はなるべくジャネットに悪評が立たないように処理する、ということだ。

しかし、一方的にこちらから婚約破棄をすればウェスタン子爵家からは莫大《ばくだい》な慰謝料を請求されるだろう。どんなに手を回しても、ジャネットに多少の悪評だって立つはずだ。

ダグラスはジャネットの初恋の人だ。

ジャネットはできることなら、この冷えきった二人の関係をよいものに変えたかった。

けれど、時々わからなくなるのだ。

優しく微笑み新緑のような瞳でこちらを見つめたあの少年。年月の流れが人を変えるのは自然なことだ。そう知ってはいても、ダグラスの不誠実な態度と、あの少年の優しい眼差《まなざ》しやはにかんだ笑顔とがあまりにも違いすぎて、戸惑わずにはいられない。

ふとしたときに胸の内に広がる違和感――。

「……お父様、ありがとうございます」

それしか言うことができなかった。

アマンディーヌが言う六ヶ月間が終わったとき、自分を待つ未来はどうなるのだろう。

当初の目的通りダグラスを夢中にさせるようないい女になり、幸せな結婚をする？　それとも……。

ビュンと強い風が吹き、木々を揺らした。ピカデリー侯爵は上着の前を片手でぎゅっと押さえると、ジャネットの背に手を添えた。

「風が出てきたね。そろそろ戻ろうか」

「はい。そうですわね」

ピカデリー侯爵に促され、ジャネットは小さく頷く。

視界の端で、ミニバラの花弁がはらはらと地面に落ちるのが見えた。

☆　☆　☆

その日、シルティ王女とアマンディーヌと三人でお茶をしていたジャネットは、ふとアマンディーヌからの視線を感じて首を傾げた。先ほどから、アマンディーヌが何かを言いたげに、眉を寄せてこちらを見つめているのだ。

「アマンディーヌ様、どうかなさいましたか？」

「……アンタ、その地味なのはどうにかならないの？」

「なっ、なんですか、突然！」

突如として失礼なことを言い出したアマンディーヌを、ジャネットはキッと睨みつける。

地味な顔は生まれつきだ。これでも両親は『可愛い』と言って褒めてくれる。まあ、ちょっぴり親ばかであることは否定できないけれど。

「顔の話じゃなくて、服装の話よ」

「服装？」

ジャネットは、はたと自らの姿を見下ろした。

今日のジャネットの服装は、グレーのシンプルなドレスだ。詰め襟のデザインで飾りは少なく、確かに地味なデザインではある。

「まだ若いんだから、もっと華やかな格好をしなさいよ。ドレスのせいでますます地味に見えるわ。まるで家庭教師よ」

「ますます地味……」

なまじ間違っていないだけに反論ができない。

家庭教師っぽく見える自覚もある。

「でも、華やかな服はわたくしには似合いません」

「なぜ？」

「なぜって……」

ジャネットは言葉に詰まった。

顔が地味だから華やかな色は似合わない？　それが言い訳であることは、当のジャネットが一番わかっていた。

「似合わないものは似合わないからですわ」

「何よ、それ？　ぜんっぜん理由になっていないわ」

アマンディーヌは持っていたティーカップを置くと、不満げに眉を寄せる。

「仕方ないわね……。わたしが付き合ってあげるわ」

「は？」

「だから、わたしが買い物に付き合ってあげる」

「いえ、結構です」

「遠慮はいらないわ！　しっかりとジャネット嬢に似合うものを選んであげるから」

アマンディーヌは自信ありげに自らの胸をバンと叩くと、得意げに笑う。

——いや、遠慮していないし。正真正銘《しょうしんしょうめい》、そんなこと必要ないし！　そう言おうとしたが、先に口を開いたのはシルティ王女だった。

「まあ、お忍びショッピングですわね？　羨《うらや》ましいわ。わたくしも行きたいわ」

「え？」

「あら、じゃあ一緒に行きましょう。三人でお買い物ね」

「ええ!?」

ジャネットの胸の内は完全にスルーされ、何やらきゃぴきゃぴと盛り上がり始めたアマンディーヌとシルティ王女。どこの店に行きたいだとか、何を買いたいだとか、勝手に話を進めて盛り上がっている。

巨大なオネエと王女殿下とお買い物。これは、一波乱ありそうな気がしてならない。楽しげに話を弾ませる二人を横目に、ジャネットは遠い目をしたのだった。


約束の日、ジャネットとシルティ王女、そしてアマンディーヌは共に王宮の馬車乗り場から、お忍び用の飾りが控えめな馬車に乗って出かけた。

シルティ王女は侍女に用意させたという水色のシンプルなワンピースを着ており、一見すると裕福な商人の娘のように見える。

『お忍びで』と言われたジャネットは、地味な服コレクションの中でも特に地味な一品を着て行き、案の定アマンディーヌから『家庭教師』と言われた。

まあ、自分でもそう見えるのはわかっていたけれどね。

そして、アマンディーヌ。いつもよりは色が暗めのドレスだが、相変わらず迫力満点である。この人に『地味』は無縁のようだ。

「ねえ。どこに行くの？」

馬車に乗り込んだシルティ王女は、落ち着かない様子で外を眺めながら、ジャネットとアマンディーヌに尋ねる。

シルティ王女は王族ゆえに町に買い物に行くことなど、そうそうない。きっと、ピクニックに行くような感覚で気持ちが浮き立っているのだろう。

今日シルティ王女が護衛も付けずに外出を許可されたことに、ジャネットは正直とても驚いた。お忍びと言っても、護衛の近衛騎士が付くと思っていたのだ。

「そうねぇ。ジャネット嬢のドレスを選ぶのに、ソーリン商会なんてどうかしら？」

アマンディーヌはのんびりとした様子でひとつの店名を上げた。

「ソーリン商会でございますか。大丈夫かしら……」

ジャネットはその商会の名前を聞いて、自信なさげに眉尻を下げる。ソーリン商会は若い女性に今大人気の洋服店だ。若い女性向けであるゆえに、華やかなドレスを数多く扱っている。自分が着こなせるとは到底思えない。

「大丈夫よ。わたしがジャネット嬢に似合うドレスを見繕ってあげるから安心なさい！」

ジャネットの心を読んだかのように、アマンディーヌが自信満々にウインクする。シルティ王女も横から「わたくしも一緒に見立てて差し上げますわ」と身を乗り出す。

――それが一番心配なのよね……。

ジャネットは胸の内ではぁっとため息を吐いたのだった。

到着したソーリン商会では、ジャネットの恐れていた通りの事態が発生した。

アマンディーヌが次々と華やかなドレスを大量に持ってくるのだ。既にジャネットの前には四着のドレスが並べられていた。黄色、クリーム色、薄ピンク色、白色と、どれも明るい色合いのドレスだ。

「こんなに明るい色のドレスはわたくしには無理ですわ」

「無理かどうかは着た姿を見てから判断するから、まずは着なさい」

ピシャリと言い放たれ、ジャネットは困惑気味にそのドレスを見つめた。四着が四着とも、普段使いには華やかな印象だ。これを自分が着る？

「だって、似合いません」

「似合うかどうかはわたしとルティが判断します。さっ、着なさい」

アマンディーヌはそう言いきると、半ば無理やり黄色のドレスを渡してきた。ちなみに『ルティ』とは、シルティ王女のお忍び用のニックネームだ。

試着室へと案内されたジャネットは、気乗りしない気分のままそれに腕を通した。鮮《あざ》やかな黄色は、見ているだけで気分が明るくなるような華やかさがある。ジャネットが一着も持っていない色だ。

「なんだか、恥ずかしいわ……」

足元を見下ろすと、動きに合わせてスカートの裾が軽やかに揺れる。とても可愛らしいのだけれど、自分なんかがこんなに可愛らしい服を着ていいのだろうかと思ってしまう。似合っていないと笑われてしまわないだろうか。

おずおずと試着室から出ると、近くの椅子に座って待っていたシルティ王女とアマンディーヌの二人と目が合った。

「まあ、ジャネット様！　とてもお似合いですわ」

「そうかしら？　変じゃない？」

「変じゃないわよ。わたしが見繕ったのよ？　さっきよりずっといいわ」

目を輝かせるシルティ王女に自信なさげに問うと、アマンディーヌが満足げに微笑んで答えた。

カジュアルドレスを三着ほど購入した後、ジャネット達一行はシルティ王女の希望で少し町をぶらぶらすることにした。

ジャネットやアマンディーヌはともかくとして、王族であるシルティ王女はそうそう町に出ることができないのだ。ここぞとばかりにいろんな場所に行きたいのはジャネットにもよく理解できる。

「あのね、さっきドレスを見に行ったから、今度は可愛いアクセサリーを見たいわ。それに小物屋さんでしょ。あとは、市中で流行《はや》っているスイーツなんかも食べたいわ」

シルティ王女はにこにこしながら立ち並ぶ商店を見渡す。見るもの全てが珍しいようで、口元には隠しきれない笑みが浮かんでいた。

「アクセサリーでしたらわたくし、いいお店を知っておりますわ」

ふとジャネットの頭にひとつのお店が浮かんだ。ご令嬢友達とお茶をするときにたびたび名前が出てくるアクセサリーデザイナーのお店だ。

「どこ？」

「クレッグ＝リンギーです」

「ああ、あそこ。なかなかいいお店を知っているじゃない」

アマンディーヌはその名前がジャネットの口から出てきたことが意外だったようで、目を丸くしてから口の端を上げる。

「知っているだけです。お友達から時々聞きますので。わたくしは一個も持っておりませんわ」

「ああ、なるほどね。そんな気はしたわ」

なんかすんなりと納得されて面白くない。

ジャネットだって普段使いのアクセサリーのひとつやふたつ……どうせ持っていませんよ。

口を尖らせるジャネットの背中をアマンディーヌは優しく促した。

「さ、買いに行きましょう。ルティとジャネット嬢に見繕ってあげるわ」

アマンディーヌは笑顔を見せて歩き始める。ジャネットは気を取り直してアマンディーヌとシルティ王女の後を追った。

ふと見上げれば、雲ひとつない蒼穹《そうきゅう》が広がっている。

——今日はいい日ね。

可愛いドレスは買えたし、これから素敵なアクセサリーも買いに行く。前を歩くシルティ王女もとても楽しそうだ。あとは美味しいデザートでもどこかでいただいてから帰れば完璧。

そんなことを思って表情を綻ばせていたジャネットは、次の瞬間スーッと気持ちが冷めるのを感じた。すぐ近くで、とても失礼な発言が聞こえたのだ。

「あれ、男だよな。気持ちわり」

「俺、あいつのこと見たことあるぜ。確か王宮にも出入りしている美容アドバイザーだろ？」

ハッとして声の方向を向くと、ちょうど前を歩くアマンディーヌ達とすれ違った若い男の二人組が、アマンディーヌ達のほうを振り返りながらニヤニヤとしていた。

上等な上着を着込んだその格好から判断するに、恐らく貴族の子息だ。しかし、ジャネットは見たことがない顔だったし、一緒にいたシルティ王女に全く気が付かなかったことから、そんなに高位の貴族ではないのだろう。きっと、男爵や準男爵といったところだ。

すぐ後ろを歩くジャネットと男達の視線が絡み合う。

男達はといえば、ジャネットと目が合ったにもかかわらず、気まずげにするでもなくヘラヘラと笑っている。その表情からは明らかに嘲笑《ちょうしょう》の色が読み取れて、ジャネットは沸々《ふつふつ》と怒りが湧くのを感じた。

「ちょっとあなた方！　聞き捨てなりませんわ」

ジャネットは我慢ならず、思わず二人を呼び止めた。二人の男はジャネットから咎《とが》められるとは思っていなかったようで、驚いたように目をみはる。しかし、次の瞬間にはフンッと嫌な笑いを漏らした。

「男のくせにあんな格好をしておかしいからそう言ったんだ。何か問題でも？」

「問題は大ありですわ。あなた方に彼女の格好をどうこう言って笑う権利はありません。謝ってくださいませ」

「ちょっと、ジャネット嬢。やめなさい」

少し前を歩いていたアマンディーヌが騒ぎに気付き、慌てて戻ってきた。ジャネットを止めようとしたが、目の前の男の我慢ならない発言に立腹したジャネットはアマンディーヌの制止を振り切って詰め寄った。

「ねえ、謝って！」

「うるせえな。平民のくせに俺らに生意気な口きくんじゃねえよ、地味女」

「失礼なことを言ったときに謝罪するのに、平民だとか貴族だとかは関係ありません」

次の瞬間、肩にドンと衝撃があってジャネットは後ろに倒れた。——正確に言うと、肩を強く押されて後ろに倒れそうになった。アマンディーヌが背後で体を支えてくれたので倒れずに済んだのだ。

「ちょっと、あなた方。レディに何をなさるの!?　紳士の風上にも置けない行動ですわ！」

それを見たシルティ王女までもが件《くだん》の男達に詰め寄る。そのことに男達は驚いたようだったが、すぐにニヤリといやらしい笑みを浮かべる。

「へえ。こっちの子はなかなか可愛いな。ねえ、俺らと遊びに行こうか。こんな地味女と気色悪い奴と一緒にいるより、ずっと楽しいぜ？　きみが普段行けないようなお店に連れて行ってあげるよ」

「結構ですわ。絶対に嫌でございます。なぜわたくしがあなた達のような下賤《げせん》の者とご一緒せねばならぬのです？　控えなさい、この無礼者が」

シルティ王女が心底嫌そうに顔を歪め、シッシと追い払うような仕草をした。口調も高圧的な物言いだ。

普段、シルティ王女はこのように周囲を見下したり、威圧するような言い方をすることは決してない。目の前の男達によっぽど腹を据えかねたのだろう。

目の前の二人の男はシルティ王女の態度に呆気に取られてポカンと口を開けた。しかし、その表情はすぐに憤怒《ふんぬ》に染まる。

「なんだと！　この女っ！」

「シルティ様っ！」

男の一人の手がシルティ王女の方に伸びてきたのを見て、ジャネットは悲鳴を上げた。お忍びで来たので助けてくれる護衛騎士もいない。

――シルティ様がっ！

そんなジャネットの心配をよそに、シルティ王女は華麗に男の伸びてきた手を片手で払いのけて自身は体を一歩引いた。その瞬間、男の体が一瞬で目の前から消える。

「えっ？」

気付けば、シルティ王女に手を出そうとした男は地面に這いつくばっており、アマンディーヌが後ろ手に拘束している。

「おまえっ！」

「アマンディーヌ様、危ない！」

もう一人の男が仲間を助けようとアマンディーヌに飛びかかった。ジャネットは再び悲鳴を上げたが、そのもう一人の男も一瞬で地面に転がった。ジャネットには何が起こったのか、さっぱりわからない。

そうこうするうちにどこから現れたのか、たくさんの近衛騎士がやってきた。

「連れて行きなさい。ピカデリー侯爵令嬢への暴行、及び、シルティ殿下への暴行未遂よ」

アマンディーヌがくいっと顎で男達を指す。

「あと、アマンディーヌ様への侮辱《ぶじょく》罪もですわ」

ジャネットはすかさず付け加えた。元はと言えば、この男達がアマンディーヌを侮辱するようなことを言ったからこんなことになったのだ。

「わたしのことは別にいいわよ。この体格でこんな格好だもの。言われ慣れているわ」

「たとえ言われ慣れていたとしても、誰かがそれを言っていいと正当化することはできません。失礼なものは失礼だし、謝るべきことは謝るべきですわ」

ジャネットはムッとして口を尖らせた。

「それに、アマンディーヌ様はもっとご自身に誇りを持っていいと思いますわ。だって、女のわたくしよりずっと女らしいですし、このいけ好かない男達よりずっと男らしいです。『言われ慣れている』なんて聞き捨てなりません」

アマンディーヌは呆気に取られたようにジャネットを見つめていたが、口元を押さえると我慢できないようにくくっと肩を揺らして笑い出した。

「そうですとも」

「確かに、わたしはジャネット嬢より女らしいし、あの男達よりは男らしいかもしれないわね」

勢いづいてうんうんと首を縦に振るジャネットを見つめ、アマンディーヌは新緑色の瞳を優しく細めた。

「アンタって、本当に昔から変わらないわよね。自分が『地味』って言われたことには怒らないくせに」

「――変わらない？」

「そう。自分のことには卑屈《ひくつ》になるくせに、他人のことになると本気で怒るの」

「はぁ……」

昔というのはいつのことを言っているのかと聞き返そうとしたが、その前にアマンディーヌが気を取り直したようにシルティ王女に声を掛けた。

「気分直しに、先に美味しいものでも食べに行きましょう」

「あら、行きたいわ。おかしな人達のせいで楽しい気分が台なしだもの」

シルティ王女は屈託なく笑う。

「スイーツ系ならジャネット嬢が一番詳しいのではなくて？」

アマンディーヌがにっと笑ってジャネットに視線を送る。

「あ、はい。友人のご令嬢の中で人気のお店をいくつか知っておりますわ。シルティ様はどんなスイーツが食べたいですか？」

「うーん、そうね。普段、王宮では食べられないものがいいわ――」

ジャネットはシルティ王女の希望を聞いてお店を決める。

場所を聞いたアマンディーヌがシルティ王女と並んで早速大通りの方向へ歩き始めたのを見て、ジャネットは慌てて追いかけた。

そのとき、ジャネットはふと立ち止まって周囲を見渡した。

目を凝らしたが、近衛騎士らしき姿は見当たらない。

「ジャネット嬢、何しているの？　行くわよ」

「あ、はい。今行きます」

――近衛騎士、恐るべし！

こっそりと周辺警護されていることに全く気が付かなかった。今もこっそりと周辺から警護しているはずだが、どこにいるのかちっともわからない。

ジャネットは近衛騎士のレベルの高さに内心で舌を巻いたのだった。


美味しいスイーツをいただいて買い物した後に王宮に戻ると、ジャネットは早速今日購入したドレスの一着に袖を通してみた。薄ピンク色のこのドレスは少しお洒落《しゃれ》な普段着といった装いだが、いつも地味な色合いのドレスばかり着ているジャネットからすると絶対に着ることがない一着だ。

少しドキドキしながら、それを着たまま図書室へと向かうと、途中で顔馴染みのシルティ王女付きの侍女に会った。

「あら、ジャネット様」

顔馴染みの侍女はジャネットを見ると少し驚いたような顔をして立ち止まり、上から下までしげしげと見つめる。ジャネットはその視線に、なんとなく居心地の悪さを感じた。

——やっぱり、わたくしにはこんな華やかな格好はおかしかったかしら……。

そんなことを思い、不安になってくる。

侍女は不安げなジャネットと目が合うと、にこっと微笑んだ。

「ジャネット様はいつも控えめなご衣装を好まれますけれど、こういう格好もなさるのですね」

「似合わない？　おかしいかしら？」

「おかしくなどございません。とてもお似合いですわ。普段から、もっとこういうお洋服をお召しになればよろしいのに」

笑顔で褒められて、ジャネットはぱぁっと顔を明るくした。似合っていると言われて、とても嬉しかったのだ。

――勇気を出して買って、よかったわ。

ドレスの色と同様に、気持ちまでもが華やいだ気がする。

ジャネットを地味に見せていた一番の原因は、自分自身が地味だと決めつけていた気持ちの問題だったのかもしれない。

――明日にでも、アマンディーヌ様とシルティ様にお礼を言おう。

ジャネットは侍女に「ありがとう」と言って会釈《えしゃく》をすると、笑顔で図書室へと向かった。

☆　☆　☆

本日は、シルティ王女が先日招待された舞踏会が開催される日だ。

シルティ王女は夕方から、ジャニール侯爵家で開催される舞踏会にエリック王子と共に参加する。

そのため、午後からはレッスンをお休みにして舞踏会の準備をしていた。

ジャネットはアマンディーヌがシルティ王女にメイクをしていく様子を、じっと見守る。

シルティ王女の白くもっちりとした柔肌に丁寧に塗り込まれる化粧品。大きな山羊毛のブラシでパタパタとおしろいをはたくと、白磁《はくじ》の如く美しい肌が完成した。

眉は少しだけ弓を描いて優しい印象に。

ドレスの色に合わせたピンク色のアイシャドウは端に黄色を混ぜて遊び心を出して。

チークは淡いピンク色。これはポニーの毛でできた先ほどより一回りほど小さなブラシでほんのりと頬の高い部分にのせる。

最後に、眉の上と鼻筋に『T』の字を描くようにハイライトを重ねた。

「まあ、すごいですわ。アマンディーヌ様」

ジャネットは、ほぅっと感嘆のため息を漏らした。

シルティ王女はいつも可愛らしくお化粧をしているが、今日はひときわ可愛らしい。まるで花の妖精が絵本から抜け出たかのような可憐《かれん》な雰囲気をかもし出していた。

「お化粧ってすごいのよ。今はシルティ王女殿下のご希望に合わせて可愛らしく仕上げたけれど、やり方ひとつでだいぶイメージを変えることができるの。例えば、目尻に厚めのアイライナーを入れて吊り目を演出すれば、気が強そうに見せることができるわ」

アマンディーヌはシルティ王女の目尻を指さしながら、ジャネットに説明した。今日のシルティ王女の目尻はどちらかと言えば垂れ目がちになっていた。

「今日は舞踏会だからきちんとしないと。さっ、ジャネット嬢もやるわよ」

アマンディーヌに鏡の前に座るように促され、ジャネットは目をぱちくりとさせた。

「わたくしもですか？」

ジャネットが驚いたのには理由がある。

今日、シルティ王女は舞踏会に来賓客《らいひん》としてエリック王子と参加するが、ジャネットは参加しないのだ。どこにも行く予定がないのに気合いを入れて化粧する意味がない。

「何を言っているの。シルティ王女殿下のお付きとして参加するのよ。ジャネット嬢はわたしの助手よ」

「あら、初耳ですわ」

「そう？　言い忘れたかしら？　とにかく行くのよ」

アマンディーヌはそう言うと、ジャネットに目の前の椅子に座るように促した。

アマンディーヌはジャネットの前に立ち、真剣な表情でこちらを見つめてくる。これから化粧を施してくれるのだろう。

ジャネットはその瞳を見つめながら、アマンディーヌはとても綺麗な緑色の瞳をしているのだなと思った。婚約者のダグラスの深い緑色とはまた違う、新緑のような鮮やかな緑だ。

シルティ王女にしたように丁寧に化粧品が塗り込まれ、おしろいが重ねられる。目を閉じるように言われ、アイシャドウを重ねられる感触がした。最後には口元に口紅が重ねられる。

「よし。できたわ」

アマンディーヌがジャネットを見ながら満足げに微笑む。どんな仕上がりになったのか、早く見たくてたまらない。

「鏡を見ても？」

「もちろん」

わくわくしながら鏡を覗き込んだジャネットは、自分の顔を見てなんとも曖昧な表情を浮かべた。端的に言うと、思っていたのと違う。

「なんか……地味ですわね」

「テーマは真面目なメイドふうよ。それっぽく見えるでしょう？」

真面目なメイドふう。

確かにそんな雰囲気が漂っている。化粧はしっかりされているのに、まるでしていないかのように見えるスーパーナチュラルメイクとでも言おうか。

ジャネットは元々、凹凸《おうとつ》の少ない顔だが、やっぱり凹凸がないように見える。

口紅はヌードベージュ、チークはやや茶色がかったオレンジをほんの気持ち程度にのせただけだ。アイシャドウも肌に近い色しか使っておらず、ぱっと見は化粧をしていないのだと思われそうなほど。王宮の外れで床を雑巾《ぞうきん》がけしていそうなイメージである。

「なんか不満そうね？」

アマンディーヌは少し口を尖らせるジャネットを見て、眉をひそめた。ジャネットはじとっとした目でアマンディーヌを見返した。

はっきり言って不満である。

ジャネットだって乙女の端くれ。シルティ王女ほどとはいかなくとも、化粧をするのだから少しは可愛くしてほしかった。それなのに、いつもと変わらぬ地味具合にされるなんて。

「地味すぎませんこと？」

「今日のわたし達は裏方だから、地味でいいのよ」

アマンディーヌはジャネットの気持ちを察したのか、言い聞かせるようにそう言った。しかし、ジャネットは納得いかず、ますます口を尖らせた。

「でも、アマンディーヌ様はとても華やかですわ」

アマンディーヌと言えば、ブルーのアイシャドウをたっぷりとのせて唇は深紅。すっぴんとはほど遠いフルメイクだ。

「わたしはこんな調子だから、やるなら徹底的にやらないと。中途半端に女装だなんて、おかしいでしょう？　かえって目立つわ」

「――確かにそうですわね」

ジャネットは中途半端に紳士用の礼服を着たアマンディーヌを想像してみた。バッチリメイクに高く結い上げた髪。なのに、服装は男性用。

なんともちぐはぐで相当浮きそうだ。

もしくは、髪を男性のように整えて化粧を落としたアマンディーヌがドレスを着ていたら？　これも想像がつかないが、相当おかしな感じになること間違いないだろう。

もしかしたら不審者だと思われて、警備の者に会場から摘み出されるかもしれない。

そんなことを想像していたら、ジャネットはなんだかとてもおかしくなって、クスクスと笑い出した。

「……アンタ、なんか変なことを想像しているわね？」

「いえ、オホホ。別に何も？」

こちらを見つめて眉を寄せるアマンディーヌを見ていたら、ますますおかしくなった。

ジャネットは、肩を揺らして笑いを堪える。アマンディーヌは笑いを堪えるジャネットの様子を呆気にとられたように見つめていたが、しばらくすると釣られたようにフッと微笑んだ。

「――ごめんなさい、わたくしったら。急に止まらなくなって」

「いえ、いいわ。ジャネット嬢も笑顔が出るようになったみたいだから、よかったわ。ここ数日、いつも沈んだ表情をしていたもの」

アマンディーヌにそう言われ、ジャネットはハッとした。

確かに父親に再会したあの日以降、ジャネットはダグラスとの関係に悩んで沈んでいることが多かったかもしれない。

「女性の笑顔はね、最大の武器なのよ。むっつりした美人より、いつも笑顔の平凡な娘のほうが多くの人にとって魅力的に見えるものよ」

アマンディーヌはジャネットを見つめ、優しく微笑んだ。

「アマンディーヌ様……」

自分の僅かな変化に気付いて心配してくれたこのオネエに、ジャネットは胸が熱くなるのを感じた。

ジャネットとアマンディーヌは手を取り合って見つめ合う。

「だから、いつもジャネット嬢が笑顔でいられるように、わたしが秘密兵器を用意したわ」

「秘密兵器？」

にんまりと口の端を上げたアマンディーヌを見て、ジャネットは嫌な予感がした。この表情は危険フラグだ。

「まあ、何かしら？」

警戒心全開のジャネットに対し、シルティ王女は興味津々に体を乗り出した。

――そこ、聞いちゃう？

本当にシルティ王女の好奇心の強さとポジティブシンキングには毎回驚かされる。ジャネットよりも付き合いが長いのだから危険フラグには気が付きそうなものだが、そもそも危険フラグとすら思っていない可能性がある。

「まあ、見てなさい」

アマンディーヌはがさごそと鞄《かばん》をあさり、何かを探し始めた。

「これよ！」

アマンディーヌが声高に叫ぶ。

天に捧げるように高く持ち上げたものは、十センチほどのただの平たい棒だった。

シルティ王女とジャネットは顔を見合わせる。

「これはなんですの？　ただの棒に見えますわ」

シルティ王女はその棒を指さし、首を傾げる。ジャネットの目にもただの棒にしか見えなかった。

「まあ見ていて。これをこうやってくわえると、表情筋が鍛えられて笑顔が魅力的になるわ！」

アマンディーヌはそう言うと、手に持っていた棒を横にして、中央部分を口にくわえた。端からくわえるのではなく、ど真ん中をくわえたのだ。

確かに口角は上がっているが、相当間抜《まぬ》けな姿だ。口の両端から棒が覗いており、あたかも骨をくわえた犬のように見える。或いは、口から歯が飛び出したイノシシか……。

――これは、まずいわ。

ジャネットはすぐにこの場を去るべきだと判断した。このままここにいるとろくなことにならないと断言できる。

「――わたくし、今夜の舞踏会に同伴するための準備があるから、そろそろ戻りませんと……」

ジャネットはオホホと愛想笑いをしながら、席を立った。ところがだ。座っていた椅子を戻そうと伸ばしたその手を、ガシッとアマンディーヌに捕まえられた。

「大丈夫よ。今夜の準備ならもう終わっているから安心なさい」

「え？」

口にくわえた棒を片方の手で外したアマンディーヌはにこやかに微笑んだ。

「持ち物も準備してあるし、化粧も終わっているし。着ていく服装もお付きのジャネット嬢は豪華なドレスじゃなくて一人で着脱できる簡単なもので平気よ。取れた口紅は後で塗り直してあげる。さあ、思う存分くわえるのよ」

「いえ、あの……。これ、自室でやったほうがよくありませんこと？」

そういう問題じゃないんですよ。

なんでいつもエスパーみたいに考えることを読んでくるくせに、ここで察してくれないかね？　察してくださいよ。

「まあ、じゃあ早速」

表情を引き攣らせたジャネットの制止もむなしく、隣のシルティ王女が棒をくわえた。ジャネットは心の内で、『くわえるんかい！』と突っ込みを入れる。もちろん、口に出しては言えないが。

棒をくわえたシルティ王女の姿はやっぱり犬みたいで、相当間抜けに見えた。

しかし、そんなことを王女殿下に言えるはずもなく……。

さらに言うと、シルティ王女がくわえたのに行儀見習いのジャネットがくわえないわけにはいかない。

――やるしかないわね。

ジャネットは覚悟を決めて棒をくわえた。

「……」

「……」

「……」

部屋が沈黙に包まれる。

三人とも棒をくわえたせいで、誰も喋れないのだ。着飾った王女と地味なメイドふうの女と派手なオネエが無言でテーブルを囲む異常な光景。棒をくわえて微笑みを浮かべた無言の三人組は、端から見れば完全に危ない集団にしか見えないだろう。

——これ、いつまで続くのかしら……。

ジャネットがアマンディーヌを窺い見ようとしたちょうどそのとき、紅茶のお湯の追加を持ってきた侍女が入室してきた。

「きゃあっ！」

ギョッとした様子で小さく悲鳴を上げて部屋を飛び出していった侍女を、三人は無言のまま見送った。

「……」

「……」

「……」

棒をくわえたままの三人の視線が絡まり合う。ジャネットはアマンディーヌを責めるようにジトっとした視線を送ってやった。

「ぅうん、ごっほん。……この訓練は以後、各自が自室でやることにしましょう」

棒を外したアマンディーヌが小さく咳払いしてから、そう呟いた。今の侍女の反応を見て、これを公《おおやけ》の場で行うのはまずいとようやく気付いたようだ。ジャネットから言わせてもらえば、気付くのが遅すぎだが。

「――もう、だから言いましたのにー！　絶対におかしな三人組だと思われましたわ!!」

おかしな姿を見られた羞恥から赤くなった両頬を手で押さえるジャネットを見て、アマンディーヌは視線を泳がせる。そして、何かを思いついたように朗らかな笑顔を浮かべてポンとジャネットの肩に手を置いた。

「大丈夫。わたしとシルティ王女殿下も、ジャネット嬢の巻き添えよ」

「そういう問題じゃありません！　しかも、巻き添えを喰ったのはわたくしとシルティ王女殿下です！　もー！　もぉおおおー!!」

ジャネットの嘆き声が部屋の外にまで響き渡る。

アマンディーヌはバツが悪そうに視線を泳がせていたが、ポンと両手を打ってこちらを見つめてきた。

「あら大変。ほら、ジャネット嬢。そろそろ舞踏会に行く準備を始めないと！」

さっき、準備は終わったと言っていなかっただろうか？

このやろう、ごまかす気だな？

「先ほど準備は終わったと言ってらっしゃいませんでした？」

「……心の準備かしら」

「騙《だま》されませんわよ」

ジャネットはいつもアマンディーヌにされるように、おでこに指を当ててデコピンをしてやった。スコンと抜けた音がする。デコピン、意外と難しいな。

「へたっぴねえ」

「デコピンが上手い貴族令嬢なんてそうそういませんわ」

「あら、たまにはまともなことも言うわね」

アマンディーヌが楽しそうに笑う。その様子を見ていたら、なんだか怒る気も失せてしまった。

☆　☆　☆

ジャニール侯爵家はルロワンヌ王国でも歴史ある由緒正しい侯爵家のひとつで、ジャネットの実家であるピカデリー侯爵家とも良好な関係を築いている。ジャネットもこれまでに何回かジャニール侯爵家の舞踏会に参加したことがあった。

この日もジャネットは見事な壁の花に徹していた。と言っても、いつものように招待された参加者なのにもかかわらず自ら壁の花に徹するのではなく、シルティ王女のお付きの者として分《ぶ》をわきまえて壁の花に徹したのである。

隣に佇むアマンディーヌは背が高く体格もよい上にあの格好。さすがに目立つが、来賓者から話しかけられても適当にかわし、ジャネットの側《そば》にいた。

侯爵家主催で王族も招待されるほどの舞踏会だ。参加者達は皆、今日のために新調した衣装で美しく着飾っていた。ジャネットはアマンディーヌと共に、大広間を行き交う人々を眺める。

「ジャネット嬢。綺麗になりたかったら、美しい人を見習うことも大事よ。例えば、あそこにいるマチルエンダ子爵夫人を見て」

アマンディーヌは扇で口元を隠しながらジャネットに顔を寄せ、会場の左端に佇む女性を視線で指し示した。

ジャネットはアマンディーヌの視線の先にいるその女性――マチルエンダ子爵夫人に目を向けた。会場のダンススペースからやや壁に寄った辺りで何人かの人物と談笑していた彼女は、深紅のドレスを身にまとい、髪にも深紅のバラを飾っていた。

ジャネットが着たらそれこそ衣装に負けてしまいそうなこの豪華なドレスを、マチルエンダ子爵夫人は見事に着こなしている。白い肌に映《は》える赤い生地がとても魅惑的に見え、やはり深紅の紅が塗られた口元は孤を描くように微笑みを浮かべていた。

「さすがは『赤バラの貴婦人』とうたわれるだけありますわ。お美しいですわね」

ジャネットはマチルエンダ子爵夫人を眺めながら、ほぅっと息を吐いた。

マチルエンダ子爵夫人は元々伯爵令嬢であり、ジャネットがデビュタントしたときには既にその愛らしさが社交界で有名な方だった。歳はジャネットの二つ上の二十歳で、夫はマチルエンダ侯爵家の嫡男《ちゃくなん》だ。今はまだ爵位を継いでいないため子爵を名乗っているが、ゆくゆくは侯爵になる。とても仲睦まじく、美男美女の夫婦としても有名だ。

「ええ。確かに美しいわ」

アマンディーヌもそちらを眺めながら頷いた。

「でも、彼女がなんの努力もせずにあの美しさと『赤バラの貴婦人』の称号を手に入れていると思って？」

「マチルエンダ子爵夫人は元々お綺麗な方ですわ。二年前に初めてお見かけしたときも、あのように美しかったです」

ジャネットはアマンディーヌを見て、首を傾げる。

「ジャネット嬢の言う通り、マチルエンダ子爵夫人は元々お綺麗な方よ。でも、それ以上に綺麗であろうとする努力をなされている」

「努力？」

ジャネットは訝しげに聞き返した。

元々綺麗な人は努力などしなくても綺麗ではないか。ジャネットはそう思ったのだ。

「そうよ。例えばあのドレス。一見するとただの赤いドレスに見えるけれど、裾にレース飾りをあしらっているし、胸元も最近多く出回り始めた浅い作りで、さりげなく流行を取り入れているわ。髪形もそうよ。一部が最近流行の三つ編みになっているでしょう？　化粧もしっかりされていて、自分を綺麗に見せることに一切手を抜いていないわ。それに極めつけがあの体形。とても半年前に子供を産んだ人には見えないわ。きっと、体形を戻すために相当努力したはずよ」

アマンディーヌの説明を聞きながら、ジャネットはマチルエンダ子爵夫人を改めて眺めた。

確かに、一見するとただの深紅のドレスに見えるけれども随所に流行のポイントが取り入れられている。その豪奢《ごうしゃ》な衣装に包まれた体はまるで独身女性のようにほっそりとしていながら、出るべきところはしっかりと出ていた。

髪形も耳の上の一部が三つ編みにされており、結び目には赤いバラが飾られて上手く隠れていた。

そして、特筆すべきはその自信に溢れた笑顔だ。隣に立つ夫に寄り添い、唇は孤を描きにっこりと微笑んでいる。同性であるジャネットから見ても、とても美しい人だ。

「ドレスの色も自分に似合う色をよく研究しているわ。常に顎を引いて口角を上げるように心掛けているし、彼女の美貌は彼女の努力あってこそね」

アマンディーヌはマチルエンダ子爵夫人から視線をジャネットに移した。

「いいこと？　綺麗になるためには努力を惜しんではだめよ。綺麗になりたいという気持ちと、それを実現させるための努力が必要なの。諦めている人は、そこでおしまい。決してそれ以上は綺麗になれないわ」

『諦めている人は、そこでおしまい。決してそれ以上は綺麗になれない』

ジャネットは、その言葉が自分のことを言われているような気がした。

ジャネットはいつも逃げていた。

婚約者に振り向いてもらえない事実を、自分は元々が冴えない見た目だからと決めつけて、綺麗になる努力を怠《おこた》ってきた。

本当はそのことに気付いていたけれど、自分を傷つけないために気付かないふりをしてきたのだ。

ふとダンスホールの中央に視線を移すと、シルティ王女がエリック王子と優雅にダンスを踊っていた。ピンクのドレスの裾がステップに合わせて軽やかに揺れる。クルリと回った瞬間、シルティ王女から笑みがこぼれる。

――シルティ様は、お綺麗だわ。

その姿はとても輝いて見えた。

シルティ王女はいつだってアマンディーヌの課す訓練に一生懸命に取り組む。のらりくらりと理由を作って逃げようとする自分とはまるで違う。その結果がこの地味なメイド姿と可愛らしい王女殿下としての姿の差になったような気がした。

自分はこれまでに何をしてきたのだろうか？　幼い頃に一度会っただけの少年に初恋の人だと一方的に思いを寄せて、父に頼んで婚約者に指名した。そして、希望通りにダグラスの婚約者になれたことに浮かれていた。

その後、彼に見向きもされないことで落ち込んで、どうせ自分は地味なのだからと卑屈になっていた。

ジャネットが自分から思い立ってしたことと言えば、ダグラスを婚約者にしたいと親にお願いしたことと、ダグラスがいつか改心してくれることを星に願ったことぐらいだ。

——わたくしは、本当にだめね。

自分でも驚くほどの甘ったれ具合だと思った。

「わたくしは綺麗になれるでしょうか？　——ダグラス様をギャフンと言わせられるぐらい綺麗に……」

小さく呟いた言葉に、アマンディーヌがチラリとジャネットを見下ろす。

「わたしにちゃんとついてこられれば、間違いないわ。アンタ、顔のパーツと配置は悪くないのよ。侯爵令嬢だけあって教養もあるし、意外と根性あるし。ダンスは壊滅的だけど、なんとかなるわ」

「まぁ……、随分と頼りがいがありますわね。男前なお言葉ですこと」

「わたし、一応性別は男だから。頼っていいわよ」

「でも、心は乙女でいらっしゃるでしょう？」

「――アマンディーヌの姿のときはね」

アマンディーヌはにやっと口の端を上げた。

「え？」

それはどういう意味だろうかとジャネットが聞き返したが、アマンディーヌはそれには答えずに話を続けた。

「前に言ったでしょう？　何をやってもブスで貧相でどうしようもない女なんて、この世に存在しないのよ」

「……アマンディーヌ様、結構根に持ちますわね？」

「当たり前よ。わたしの腕の見せ所でしょう？　ジャネット嬢には劇的な変貌を遂げてもらって、あの婚約者をギャフンと言わせることを目指しているんだからね」

器用に片眉を上げたアマンディーヌを見て、ジャネットは思わずふふっと噴き出した。

「では、わたくしは必ずやダグラス様をギャフンと言わせてみせますわ。アマンディーヌ様の弟子の名にかけて」

「その意気よ。あと四ヶ月あるのだから、わたしと頑張りましょう」

「はい。アマンディーヌ様、よろしくお願いしますわ」

優雅な舞踏会会場の片隅で、一人の派手なオネエと地味なメイド姿の侯爵令嬢という異色のコンビが固い女の友情の握手を交わした。

「じゃあ、手始めに食べるわよ。ジャネット嬢はだいぶふっくらしてきたけど、まだ足りないわ」

「え⁉　さっきあれだけ食べたのにまたですか？」

「美しさとは戦いなのよ」

「ううっ、頑張ります……」

アマンディーヌは満足げに頷くと有無を言わせずにジャネットの手を引き、広い舞踏会会場の片隅にある料理の置かれたテーブルに向かう。そして、器用にプレートに料理を盛りつけた。

ジャネットはアマンディーヌの盛りつけたメガ盛りプレートを見て、顔を引き攣らせた。

「いくらなんでも……ちょっと多すぎると思うのですが……」

「多くないから大丈夫」

「もうお腹いっぱい――」

「まだ平均的な女性の一食分よ」

「うぅ……、これ、本当に美しくなる効果はあるのですわよね？」

「わたしのことを信じなさい！　あと、笑顔を消さない！　後ろ向きなことも言わない！」

「はいぃっ！」

メガ盛りプレートを手に、ジャネットが早くも後悔の嵐に襲われていたのは言うまでもない。

美しくなることとは、戦いなのである。

第四章　ジャネット、秘密を知る

ジャネットは行儀見習いになってから受けた大抵のレッスンにおいて、シルティ王女より劣っていた。

頭の布袋はシルティ王女の倍近い回数落とすし、ヨガのポーズも上手くできないことが多い。食べる量も負けている――まあ、これに関してはシルティ王女がまだ年齢的に成長期の途中だからという理由もあるだろうが。

だが、それでも勝っている部分も少しはあった。それが、座学のお勉強だ。

その日、ジャネットはシルティ王女と一緒に授業を受けていた。

目の前では丸ぶち眼鏡のライラック男爵が諸外国の歴史について語っている。

ライラック男爵は諸外国の事情に精通した有能な政務官として活躍するお方だ。教科書から顔を上げるたびに、眼鏡のガラスが光を反射してキラリと光っていた。

ジャネットは元々本を読むことが好きだし、侯爵家の一人娘だけに貴族令嬢として必要最低限の教養は身につけているつもりだ。

事実、ジャネットはとても教養豊かだと友人のご令嬢から驚かれることも多い。本をたくさん読むし、刺繍《ししゅう》だって得意だし、ピアノだって上手に弾ける。

しかし、諸外国にいつか嫁ぐことを想定してシルティ王女のために組まれているこれらの授業で聞くことは、そんなジャネットでも知らないことが多かった。例えば、隣国の政治の体制だとか、諸外国の各地域の特色だとか、名産品の収穫高だとか、歴史だとか、そんなことだ。

それらの知識は、他国に嫁ぐわけではないジャネットにとっては別に知らなくてもいいことだ。しかし、ジャネットは自分の知らないことを知ることができるこの授業が好きだった。

「知性と教養っていうのはね、その人を内側から輝かせるのよ。どんなに見た目が綺麗でも、話す内容の全てが浅い女性は本当の意味で美人とは言えないわ」

以前、アマンディーヌはジャネットにこんなことを言った。ジャネットもその通りだと思った。

顔は可愛いけれど頭のネジが緩い貴族令嬢というのは時折いる。地味な見た目に劣等感を持っていて美しい人を羨ましいと思うことが多いジャネットだが、そんなご令嬢のことは全く羨ましいとは思わない。

そんな理由もあり、ジャネットは今日もシルティ王女と一緒に授業を受けている。

ジャネット自身、とても楽しんでいるし、シルティ王女は一緒に学ぶ同志ができたことをとても喜んでいた。

「では、今日はここまでで終わりにしましょうか」

ライラック男爵が開いていた教科書をパタンと閉じる。光を反射して景色を映す眼鏡の奥で、茶色い双眸が柔らかく細まった。

ライラック男爵は小さくお辞儀して部屋を退出していった。それを見送ったシルティ王女は、ドアが閉じられるや否やパタッとテーブルに突っ伏して倒れた
「ああ。終わったわ。長かった……」

突っ伏した弾みで頭の上に置かれた布袋がコロコロとテーブルの上に転がり、落ちる寸前で止まった。

前々から気が付いてはいたが、シルティ王女はどうやらこういった座学の授業が苦手のようだ。自分の教科書を閉じたジャネットは、シルティ王女のその姿を見て苦笑した。

「シルティ様は座学のお勉強が苦手ですのね」

「苦手と言うか、嫌いだわ。体を動かすほうが楽しいもの」

「そうですか？　面白くはありませんか？」

「ちっとも面白くないわ！」

シルティ王女はそう断言すると、少しだけ口を尖らせた。

いつもしっかりしているように見えても、シルティ王女はまだ十六歳の少女だ。子供っぽい一面も持ち合わせている。そんなところもなんとも可愛らしいとジャネットは頬を緩めた。

使っていたペンを器用に指の周りで回して不貞腐《ふてくさ》れていたシルティ王女は、ふと何かを思いついたようで、パッと表情を明るくした。

「そうだわ。いいことを思いついた」

「いいこと？」

「今から近衛騎士団の訓練場に行きましょう！　ねえ、ジャネット様も一緒に行きましょう？」

一方のジャネットは、シルティ王女に思いがけない場所に誘われて目を瞬《しばたた》かせた。

「騎士団の訓練場……でございますか？」

「ええ、そうよ。一緒に行きましょうよ。楽しいわよ？」

眉を寄せたジャネットに、シルティ王女はにこりと笑いかけた。

近衛騎士の任務は王族や国の重要人物の護衛だ。騎士の中でも特に腕が立つ精鋭が集められており、多くの人にとっては憧れの、花形的な職業でもある。

確かに一般的なご令嬢であれば、その雄姿を近くで見られるのは楽しいのかもしれない。しかし、シルティ王女からすれば自分の護衛が近衛騎士でいつも間近で見ているのだから、わざわざ見に行く必要がない。一国の王女が騎士団の訓練場にいったいなんの用があるのかと、ジャネットは不思議に思った。

「シルティ様はいったいそこに、何をしに行かれるのです？」

シルティ王女がテーブルに転がった布袋を拾い上げて頭の上に置くと、すっくと立ち上がって満面の笑みを浮かべた。

「もちろん、レッスンをしに行くのよ」

☆　☆　☆

いつもヨガで使う白の上下に着替え、シルティ王女に連れられて向かった先の訓練場には、たくさんの人が集まっていた。

近衛騎士は基本的に王族の護衛が任務だが、シフト制を取っておりお休みの日や護衛に入らない日もある。ここでは、護衛のシフトに入っていない近衛騎士達が訓練しているのだ。

「まあ。意外とたくさんいらっしゃるのですね」

「ええ。だって、お父様やお母様が外出するときにはたくさんの近衛騎士が護衛するから常に多めの人数を確保しておく必要があるし、普段も交替要員がいないと困るでしょう？　結構多いのよ」

勝手に入っていいものかと物怖《ものお》じしているジャネットに対し、シルティ王女は慣れた様子でそこに入っていった。

ジャネットもシルティ王女に促されておずおずと訓練場に入ると、シルティ王女の来訪に気付いたその場のリーダーらしき人物がつかつかとこちらに寄ってきた。

スラリとした背の高い男性で、さすが近衛騎士だけあって体格もよい。

「シルティ王女殿下。今日はまた稽古《けいこ》に？」

「ええ、そうよ。今日はジャネット様も一緒」

目の前の近衛騎士が視線をジャネットに移動させた。

——すごくかっこいいけど、初めて見る人だわ。

シルティ王女の行儀見習いとして過ごしているジャネットは、シルティ王女付きの近衛騎士のほぼ全員と面識がある。しかし、この目の前の男性とはこれまで一度も会った記憶がなかった。

とても背の高い男性だ。漆黒の髪は短く切られ、無造作に後ろに掻き上げられている。その若葉のような緑色の瞳と視線が絡まり合い、ジャネットはなぜか既視感《きしかん》を覚えた。

——どこかで会ったかしら？

記憶を辿ったが、すぐには思い浮かばなかった。男性はすぐにジャネットから目を逸らすと、シルティ王女に向き直った。

「いいでしょう。準備体操はご自分でできますか？」

「もちろん。ジャネット様にはわたくしが教えるから大丈夫よ」

「そうですか。では、終わったら声を掛けてください」

「ありがとう、アランお兄様！」

シルティ王女が甘えるように目の前の近衛騎士の腕に手を絡ませた。

その様子を見て、ジャネットは目の前の近衛騎士こそが時々シルティ王女の口から名前を聞く『アランお兄様』ことヘーベル公爵家次男の『アラン＝ヘーベル』その人なのだと知った。

確かに友人の貴族令嬢達が噂していた通り、とてもハンサムだ。

漆黒の髪と緑色の瞳は、どこか婚約者であるダグラスを彷彿《ほうふつ》とさせる。ただ、ダグラスよりはアランのほうが中性的な美形だった。目元が涼しげで、噂通り、クールな印象を受けた。

——近衛騎士だったのね。

ヘーベル公爵家が代々宰相を出す名門一家なので、ジャネットは勝手にアランも政務官を務めているのだと思い込んでいた。だが、実際は近衛騎士だったようだ。

アランの視線が移動し、ジャネットと目が合う。ジャネットは慌てて頭を垂れた。相手はジャネットより格上の公爵家の次男なのだ。

「ジャネット＝ピカデリーですわ。本日はお世話になります」

ジャネットは片足を斜め後ろに引き、もう片足を軽く曲げる。アマンディーヌと散々練習しているように、背筋はいかなるときも伸ばしたままで。

——？　どうしたのかしら？

きちんとお辞儀したはずが、一向に反応がないのでジャネットは恐る恐る顔を上げた。無言でこちらを見下ろすアランと視線が絡む。

「なかなかよいお辞儀だ。角度もいいし、背筋も伸びている。美しいな」

アランが形のよい唇の端を上げる。

「はい？」

「理想的なお辞儀だと言ったんだ」

「はぁ」

そのとき、ジャネットは悟った。

この人、たぶん変わった人だと。

普通、ご令嬢からお辞儀をされて今の返しはない。まるでお辞儀評論家のような返しだ。アンタはマナーの先生か！　と突っ込みを入れたくなる。

――なんかこの方、想像していたのと実際がだいぶ違いそうだわ。

ジャネットはアランを見つめながら、そんなことを思った。

「さあ、ジャネット様も早速準備体操をしましょう！」

訓練場に着いてすっかりやる気を出したシルティ王女は、そんなジャネットの心の声など素知らぬ様子で準備を促した。先ほどまでの歴史の授業中のやる気のない様子とは、もはや別人である。ジャネットはシルティ王女に倣《なら》い、慌てて準備体操を始めた。

「ここで剣を習うのですか？」

ジャネットはシルティ王女を真似て屈伸をしながら尋ねた。

訓練場の奥では、何人かの近衛騎士達が剣の打ち合いをしている。模擬剣がぶつかり合うカンカンという音がひっきりなしに鳴り響いている。

シルティ王女はぶんぶんと片手を顔の前で振って否定した。

「違うわ。組手って言うのかしら……いわゆる護身術よ。誰かに襲われそうになったとき――もちろん近衛騎士が守ってはくれるけど――自分でも身を守る術を身につけておいて損はないでしょう？」

「護身術……。もしかして、以前町に出ていざこざに巻き込まれそうになったとき、シルティ王女がすんなりとよけられたのはそれでですか？」

「ええ、そうなの。ここでは相手の力を利用して攻撃をかわす方法を習うのだけど、上手くいくと手を添えてちょっと力を加えただけで相手がコロリと転がって爽快《そうかい》なのよ。今思えば、あの人達のことも投げてやればよかった」

シルティ王女はそのときのことを思い出したのか、構えて何かを投げるような仕草をしてから屈託なく笑った。

今日は初日なので、いろいろと組手のようなものをしていたシルティ王女に対し、ジャネットはひたすら型を練習するだけだった。

正面から片手を下ろしながら横を向く、同じような動作を何回も何回も繰り返す。いったいこの動作になんの意味があるのかは全くもって不明だが、ジャネットの指導をしたアランはそうしろと言った。

簡単な動作なのにもかかわらず、繰り返し行うと体中から汗が噴き出した。

「暑いわ……」

帰り際、アランはタオルで汗を拭いながら扇で風を作ってあおぐジャネットと目が合うと、僅かに口元を綻ばせた。

「適度に体を動かして汗を流すことはストレス解消になるからお勧めだ。ストレスは美容の大敵だからな」

「はぁ」

ジャネットはその言葉を聞いて確信した。

この人、絶対に変な人だと。

どう考えても、汗を流すご令嬢に掛ける言葉ではない。

この日のジャネットにとって一番の収穫は、諸外国の歴史を学んだことでも護身術の基礎を習ったことでもなく、多くの貴族令嬢の憧れの貴公子であるアラン＝ヘーベルがだいぶ変な人であるとわかったことだった。

ついでに言うと、見た目と違ってクールでもなんでもない人だったと断言する。

☆　☆　☆

ジャネットがシルティ王女のもとに行儀見習いに来て、三ヶ月が経とうとしていた。

初めてここを訪れた頃はまだ気だるい暑さの残る陽気だったのに、いつの間にかすっかり涼しい日が続くようになっていた。

涼しいならまだよいが、最近では寒いといったほうが正しい。暑い季節の日中にけたたましく鳴り響く蟬《せみ》の声も気付けば聞こえなくなり、代わりに夕方から音楽を奏でるような虫の鳴き声が聞こえてくる。

そんな中、ジャネットはシルティ王女と共にお茶会を開催するためのレッスンを受けていた。

目の前でアマンディーヌが優雅にハーブティーをいれてゆく。砂時計で測ることきっかり三分、ティーポットでしっかりと蒸らしたそれは美しい紅色に染まっていた。ティーカップに注がれると、透き通った紅色の液体から白い湯気が立ち上る。

「まあ、いい香り」

ジャネットは思わずティーカップに顔を寄せ、鼻をスンと鳴らす。ティーカップからは少し酸味のある爽やかな香りがした。

紅茶を注ぎ終えたアマンディーヌは、音を鳴らさないようにそっとテーブルにティーポットを置いた。

「ジャネット嬢。これまでにお茶会の主催をしたことは？」

「親しいお友達を誘ってなら、何回かありますわ」

貴族令嬢が集まる場といえば、多くの場合は誰かの開催するお茶会だ。ジャネットも友人に誘われてお茶会に参加することもあれば、自分で開催して親しい友人を招くこともあった。アマンディーヌはそれを聞き、小さく頷いた。

「お茶会の主催は、貴族令嬢にとって、重要なミッションよ。独身時代は仲のよいお友達をお誘いすればいいだけだけど、結婚して女主人となってからはそうはいかないわ」

「と言うと？」

ジャネットはアマンディーヌに尋ねた。

「女主人の開催するお茶会は、その招待客を見ることでその家がどの家と親交が深いのかを他に知らしめることになるわ。だから、親しい人を招けばいいというわけにはいかないの。夫の仕事の関係や家同士の関係などをよく考えて招待客を選ばなくてはならないわ。特に、有力貴族のご夫人や社交界でリーダー的存在のご夫人をお茶会に招くことはとても重要よ」

「確かにその通りですわね」

ジャネットは相槌を打つ。

「そして、参加したいと多くの方に思わせるような優雅で魅力的なお茶会を開くことや、多くのお茶会に招待されることはある意味でその家のステータスになるのよ」

「なるほど」

貴族のご夫人にとって、お茶会へ参加することや有力者を招待することがステータスになるというのはジャネットも聞いたことがある。

特に、高位貴族のファッションリーダー的な夫人が開くお洒落なお茶会に招待されることは、多くの貴族女性の憧れだ。また、お茶会が人気であればあるほど、その一挙手一投足《いっきょしゅいっとうそく》が皆に注目されることになる。

「多くの方に参加したいと思わせるような魅力的なお茶会を開くためには、いくつかの要素がありま す。何かわかる？」

「まずは開催する本人が魅力的であることかしら？」

「そうね。他には？」

「美味しいお茶が用意されていること。美味しい食事が用意されていること。よい日取りであること。お洒落であること。楽しい仲間と時間を共有できること。あとは――」

ジャネットは思いつくことを次々と挙げてゆく。アマンディーヌはそれを満足げに聞いていた。

「そう。ジャネット嬢の言っていることは、全て魅力的なお茶会を開くという点で必要な要素よ。つまりは、気遣い美人である必要があるのよ」

「気遣い美人？」

「まぁ、いったいどういうことかしら？」

訝しげに聞き返したジャネットと同じく、シルティ王女も不思議そうな顔をする。

ジャネットとシルティ王女は顔を見合わせた。

アマンディーヌはゴホンと咳をする。

「では、二人に聞くわ。例えば、同じメニューを用意した二つのお茶会があったとするわ。どちらも会場はテラスよ」

アマンディーヌはそう言いながら、部屋をゆっくりと歩き窓際に寄ると扇をパシンと開き、口元を覆う。

「その日は少し冷たい風が吹いていた。一方では体を冷やさないように貸し出しショールが用意されていたけれど、一方では用意されていなかったとします。後日、この二人の主催者から同日同時刻のお茶会のお誘いがまた来たとするわ。どちらにまた行きたい？」

「貸し出し用ショールがあるほうですわね」

ジャネットが即座に答える。条件が同じであれば、考えるまでもない。

「では別の質問をするわ。一方では温かい飲み物と冷たい飲み物が両方用意されていて、一方では温かい飲み物しかなかった。どちらにまた行きたい？」

「両方あるほうですわ」

今度はシルティ王女が答える。ジャネットも同意の意味を込めて小さく頷いた。

「その日、招待客の中に子供を身ごもっている方がいたとするわ。一方では妊娠している来賓のためにクッションが置かれ、さらには妊婦によいとされるハーブティーが用意されていた。もう一方ではなんの配慮もされておらず、他の来賓者と同じ扱いだった」

アマンディーヌはゆっくりとジャネットとシルティ王女の周りを歩きながら、さらに言葉を重ねた。

「或いは、こんなことも考えられるわ。一方では帰り際にさりげなく、ちょっとした領地の手土産を持たされた。もう一方では何もなかったとしたら？　心証として、どちらにまた行きたいと思う？」

「もちろん、両方とも前者ですわね」

「わたくしもそう思うわ」

今度はジャネットとシルティ王女の両方が答えた。それらは些細な違いなのだが、参加したあとの印象がだいぶ違うように思える。アマンディーヌはその答えを聞き、満足げに口の端を上げる。

「その通りです。多くの方はシルティ王女殿下とジャネット嬢と同じような感覚を持ちます。相手の状態や心情を先読みして気遣うことで、相手に好印象を与えることができるの。これが気遣い美人です。そして、気遣い美人が開くお茶会は、同じような趣向を凝らした他のお茶会と比べて必ず人気になるわ」

ジャネットはそれを聞いてなるほどな、と思った。

お茶会など、皆やることはほぼ同じだ。会場のセッティングも、お出しする軽食やお菓子も、話す内容も、だいたい似たようなものだ。だからこそ、どこで「また参加したい」と相手に思わせるかが、重要になってくるのだろう。

アマンディーヌが言う『気遣い美人』の例は、他にもたくさんあるように思えた。

思いつくだけでも、足の悪いご婦人がいらっしゃるときは屋敷の一階でお茶会を開催するだとか、馬が合わないと噂を聞く方達は同時に同じお茶会にはご招待はしないだとか、ちょっとした工夫がたくさんあるように感じたのだ。

「ハーブティーもいろいろ効能があるから、お客様に合わせてお出しするといいわよ。例えば、今日のローズヒップティーには美肌効果があるわ。美容意識が高いご令嬢が多く集まるお茶会なんかでお勧めね」

ジャネットは目の前のティーカップの中で揺れる、紅色の液体を見つめた。一口だけ口に含むと、口の中に独特の爽やかな酸味が広がった。

「リラックスした雰囲気にしたいならカモミール、暑い日ならすっきりとミントティー、優雅な気分になりたいならローズの香り付けをした紅茶、或いは何種類かを用意してお客様に選んでいただくのもいいし……。工夫の仕方はたくさんあるわ」

アマンディーヌは優雅な所作でティーカップを口元に寄せると微笑んだ。

☆　☆　☆

ジャネットは行儀見習いという立場だが、レッスンがないときは侍女達のお手伝いをして過ごしている。この日もレッスンの後に少し時間が空いたので、シルティ王女の衣装係のお手伝いをしていた。

「うーん。タイミングが悪いわ」

先ほどまで爽やかに晴れていたはずの空は真っ黒な雲に覆われており、いつの間にか霧状の小雨が降っている。

ジャネットはどんよりとした空を恨めしげに見上げた。

ジャネットは数種類に役割が分かれているシルティ王女の侍女達の職務の中でも、衣装係のお手伝いが好きだ。なぜなら、最先端の流行ファッションについて、いろいろと話を聞けるから。

アマンディーヌからいろいろとレッスンを受けるにつれ、個性ある着こなしをすることと流行に無頓着であることは別物であるとジャネットは理解した。アマンディーヌと一緒にシルティ王女の付き添いで行った舞踏会で見たマチルエンダ子爵夫人も、鮮やかな赤という個性的な衣装の中にさりげなく流行を取り入れていた。

ジャネットは自分なりのスタイルを確立するために、流行の情報や技術を彼女達から習得したいと考えたのだ。

そんなこんなでジャネットは積極的に衣装係のお手伝いをしていた。今日はレッスン終了後に手伝いに行ったら、洗いに出された衣装がそろそろ仕上がっているはずだと聞き、それらを取りに行く役目を買って出た。

部屋を出たときにはまだ晴れ間が覗いていたのに、衣装を受け取っていざ籠を抱えて戻ろうとしたらこの天気だ。これではせっかく綺麗に洗い上げられて太陽の匂いがする衣装が、湿ってしまう。

「この天気ですし、わたくしがのちほどお部屋までお持ちしますわ」

ジャネットに衣装を手渡した洗濯係の女性が雨に気付き、出入り口まで様子を見に来た。白いエプロンを身に着けたその女性は空を眺めながら困ったように頬に手を当てる。

――どうしようかしら……。

ジャネットはその言葉に甘えるべきかと思案した。

ジャネットが取りに来たのはシルティ王女のドレスと、ヨガや護身術レッスン用の衣装だ。この淡い水色のドレスはシルティ王女のお気に入りで、特に好まれて着ていることが多い。今日も午後にヨガレッスンがあるからヨガの衣装も必要だし、そのあとはこのドレスが着たいと言い出しそうな気がした。
「どうしようかしら。――雨よけの防水カバーはあるかしら？」
「あるにはありますが、この籠を抱えてではジャネット様がびしょびしょになってしまいますわ」
衣装を入れた籠は大きいので両手で持つ必要がある。それを持って帰るとなると、両手が塞がった
ジャネットは傘がさせないのでびしょびしょになることは免《まぬか》れない。
心配して眉根を寄せる洗濯係の女性に向かって、ジャネットは小さく首を振って見せた。
「わたくしは大丈夫よ。小雨だし。それに、びしょ濡れになってしまうのはあなたも同じでしょう？
心配してくれてありがとう」
笑ってそう言うと、渋る洗濯係の女性から雨よけカバーを受け取る。王宮までの屋根のない部分は
ざっと五百メートル程度。ジャネットはぐっと籠を握り、意を決して霧雨の中に飛び出した。
小走りするうちに霧状だった雨が小雨へと変わり、あっという間に本降りになった。着ている簡易
ドレスが水を吸って重い。けれど、籠に入った衣装を濡らすわけにはいかないとジャネットはますま
すしっかりと籠を守るように抱え込んだ。
冷え込みが強くなってきたこの季節、雨粒は驚くほどに冷たかった。
やっとのことで王宮の端に辿り着いたジャネットはふうっと息を吐く。手でドレスの端を絞ると水
が滴《したた》り落ちた。恐る恐る洗濯籠の雨よけカバーの下を覗くと、そこには太陽の匂いがするさらりと乾
いた衣装が入っていた。

――よかった。

自分はびしょ濡れになったけれど、シルティ王女の衣装は守りきった。ジャネットはホッと一息つくと、ぶるりと体を震わせる。安心したら、急に寒さが身に染みた。

☆　☆　☆

――どうしたのかしら？　頭がぼーっとするわ。

ジャネットがそんなふうに感じたのは、洗濯物を取りに行ってびしょ濡れになった数時間後――いつものようにヨガレッスンを受けているときのことだった。

地面がふわふわするような、お風呂でのぼせたような、なんだか変な感じがする。ふと見上げた先にある、天使達のいる楽園が描かれた大広間の天井が落ちてくるような、嫌な感覚……。

「はい、次はこれよー」

アマンディーヌの元気のよい掛け声が耳に反響して頭の中をぐわんぐわんと駆け巡る。同時に、思わず耳を両手で塞ぎたくなるような耳鳴りがした。

再び上から天井が落ちてくるような錯覚。視線の先で微笑みを浮かべた天使達が、こちらを見つめる。

「はい。吸ってー、吐いてー」

息が苦しい。

なんだか今日は部屋が寒い。

それに地面までぐらぐらと揺れている。

——なぜ、誰も何も言わないのかしら？

何かがおかしい。

「ポーズを変えるわよ」

アマンディーヌの掛け声を合図に立ち上がったタイミングで目が合った天使は、すぐ近くまで羽ばたいてきた。美しい顔を寄せ、にっこりと笑ってジャネットに手を伸ばす。

頭がぼーっとする。

その手を取ったら、少しは楽になるだろうか？　ジャネットはふとそんなことを考えた。足元がぐらぐらするから、誰かに支えてほしかったのだ。

だから導かれるままに手を伸ばしかけたところで、視界の端に怖い顔をしたアマンディーヌが走り寄って来るのが見えた。

——まぁ、なぜそんな怖いお顔を？

そう聞こうと思ったのに言葉は出てこず、アマンディーヌの体が斜めになる。

「ジャネット嬢！」

——ああ、違う。

ジャネットはすぐに気付いた。

体が斜めになったのは、ジャネットのほうだ。

焦っているのか、聞こえたアマンディーヌの叫び声はいつもの裏声ではなくて、低い男性の声だった。

どこかで聞いたことがある気がするけれど、どこだったろう？　あれは確か……。

そんなことを考えている間に、意識は深い闇に呑まれた。


目覚めたときに最初に目に入ったのは真っ白な天井。

ジャネットのためにあてがわれた王宮内の部屋よりも少し天井が高く、消毒液のような独特な匂いがする。天井をボーッと眺めたまま二、三度まばたきして、ジャネットは飛び起きた。

「あら。お目覚めですか？」

ベッドで半身を起こしたまま声のほうに顔を向けると、たらいでタオルを濡らしていた女性がジャネット見て微笑んでいた。真っ白な衣装に真っ白な帽子。その格好から、ジャネットは彼女が看護師であると悟った。

「あの……。わたくし、ヨガをしていて……」

状況を確認しようと絞り出した声は掠れていて、最後まではっきりと喋ることができなかった。喉が焼けるように痛い。

「はい。ジャネット様はヨガレッスン中に倒れられたのですわ。でも、どこも床にぶつけてなくて本当によかったです。頭を打つと大変ですから。ここは医務室ですから、お加減がよくなるまでゆっくりとされてください」

看護師の女性がにこりと微笑む。

ジャネットは無意識に自分の体を擦った。触れた肌はどこも痛くはなかったが、相変わらず頭はがんがんと痛み、寒気がする。まだ熱があるのかもしれない。

「今すぐに飲み物と軽食をご用意しますね。ひどい高熱で、昨日からずっと眠っていらっしゃいましたから」

看護師がそう言い残し、部屋を出る。

それを聞き、ジャネットは自分があのあと一晩中寝ていたことを知った。

言われてみれば、喉はカラカラだった。外を見ると、雨だったはずの外は爽やかに晴れており、青空が広がっている。

しばらくして戻ってきた看護師から水の入ったグラスを受け取ると、ジャネットは中身を一気に飲み干した。渇いた喉に水分が染み渡る。しかし同時に、ごくりと喉を鳴らすたび、刺すような不快な痛みが走る。

「これ、食べられますか？」

看護師は持っていたお粥《かゆ》をジャネットに見せる。ジャネットは無言で首を横に振った。

「では、ここに置いておきます。お腹が空いたら、少しでいいから食べてくださいね」

ジャネットは頷いたが、サイドテーブルに置かれたお粥は食べる気がしなかったので結局手を付けなかった。しばらくすると、ジャネットはうとうとし始め、再び眠りの世界へと誘われた。

どれくらい経ったのだろう。ジャネットは部屋のドアが開く僅かな物音で目を覚ました。

随分と寝てしまったようで、辺りは薄暗い。カツンと足音がして、ジャネットは身を強張らせた。

目元まですっぽりと被《かぶ》っていた毛布を少しずらすと、長身の人物が近づいて来てベッドの横に立つのが見えた。見上げると、逆光の中に黒髪が見えた。

「ダグラス様？」

暗い黒髪は婚約者ダグラスと同じだ。

「………。ジャネット嬢、加減は？」

しばらくの沈黙の後に聞こえた低い声には聞き覚えがあった。倒れる直前に聞いた声と同じだ。ジャネットははっとして人影に目を凝らした。

──ああ、そうだったのね……。

その瞬間、ジャネットの中に妙な納得感が広がった。

いろいろなことが腑に落ちたとでも言うべきだろうか。なぜすぐに気が付かなかったのだろう。

「だいぶよくなりました。ありがとうございます。本当にご迷惑をお掛けしました」

「いや、それはいい。こちらも体調が悪いことにきちんと気付いてやれなくてすまなかった」

そう言うと、目の前の人物──アラン＝ヘーベルはベッドサイドの椅子に腰を掛け、ジャネットを見つめた。

「ジャネット嬢。頑張ることは、とてもよいことだ。しかし、何事も度をすぎると悪影響となる。体が辛いときは我慢せずに言うんだ。頑張ることと自分の状況を考えず無理することは違う」

「──申し訳ありません」

ジャネットは唇を噛んだ。実は昨日のヨガの前から、少し肌寒さと頭痛を感じていた。きっと、冷たい雨に打たれたのがまずかったのだろう。

「謝ることはない。まあ、ジャネット嬢はなんだかんだ言って頑張り屋だからな。とにかく、今はしっかり療養するんだ。レッスンはそれからだな」

そう言って立ち上がろうとしたアランは、ふと何かに気付いたように動きを止めた。眉を寄せてサイドテーブルを見つめている。ジャネットは怪訝に思い、その視線の先を追った。

サイドテーブルには新しく置かれたお粥があり、『少量でもいいので、少しはお食べください』と看護師直筆のメモが残っていた。

「食事、きちんととってないのか？」

「食欲がありませんの」

「食べろ。体力がないと治るものも治らなくなる」

眉を寄せたアランがお粥の入った皿を差し出したのを見て、ジャネットはそのお皿とアランの顔を交互に見比べてからプッと噴き出した。

「アラン様はそのお姿でも、やっぱりわたくしにたくさん食べさせようとしますのね」

「ジャネット嬢の食があまりにも細いからだ。無理やり食べさせないと普通の半分くらいしか食べないだろう。──なんなら食べさせてやろうか？」

「食べさせる？　まあ、殿方にそのようなことは──」

そこまで言うと、ジャネットはケホッケホッと咳込んだ。

「以前は俺の前で堂々と裸になろうとしたくせに」

アランが意地悪い目でこちらを見つめる。

「あれはっ！」

ジャネットはカーッと頬が熱くなるのを感じた。あのときは、アマンディーヌはいかなるときも乙女なのだと思っていたからだ。ところ変わればこんな男性的な、しかも公爵家出身の近衛騎士様だなんて思いもしなかった。

アランもジャネットの言いたいことを悟ったのか、少しバツが悪そうな表情をして持っていた皿をテーブルの上に戻した。

「まあ、それはいい。今のは冗談だ。だが、少しでも食べろよ。食べないと、体力がなくなる」

そう言いながらジャネットの肩をポンと軽く叩く仕草はアマンディーヌと全く同じだ。けれど、見た目と雰囲気が違うせいでどうも勝手が違う。

「わかりましたわ」

「よし、いい子だ。今はゆっくり休むといい」

アランは微笑むと、今度こそ本当に部屋を後にした。部屋が静寂に包まれる。ジャネットはサイドテーブルのお粥を手に取って一口だけ口にすると、またテーブルに戻した。やはり食欲がない。

しばらくすると、トントンッとドアをノックする音がした。

「どうぞ」

「失礼しますわ。お加減はいかがですか？」

ドアの隙間から顔を出した看護師が様子を窺うようにこちらを見つめる。

「だいぶよくなったわ」

「それはようございました」

看護師はにっこりと微笑むと、ジャネットのベッドサイドへと近づいてきた。

「こちらはアマンディーヌ様より差し入れです」

「アマンディーヌ様から？」

ジャネットが訝しんでいると、看護師は何かが乗ったトレーを差し出した。サイドテーブルのお粥を少しずらして置かれたのはハーブティーのセットだった。よく見ると、小さなメモが付けられている。

『ジャネット嬢へ
タイムとエルダーフラワーのブレンドよ。喉の保護と風邪に効果があるから、ちゃんと飲むのよ。体が冷えないように、少しだけシナモンが入っているわ。今はゆっくりと休みなさい。お大事に。
あなたの友人　アマンディーヌより』

ティーカップを口元に寄せるとシナモンの香りが立ち、全く食欲がなかったはずのお腹がグーと鳴る。少しだけ口に含んだそれは、今まで飲んだどのハーブティーより優しい味がした。

☆　☆　☆

事実は小説より奇なり。

こんなことが、よもや自分の周りで起ころうとは考えてもみなかった。

ジャネットは魅惑的な笑顔に関するレッスンを受けながらも、頭の中は別のことでいっぱいだった。

──本当に、信じられないわ。

高く結い上げられた金の髪は少しだけほつれて色気がある。しっかりと施された化粧は隙がなく、顔だけ見ると文句なしの美女だ。ただ唯一、そして絶対的に彼女を『彼女』と呼ぶことに戸惑いを覚えさせる理由があるとすれば、その体形に他ならない。

身長は平均的な成人男性よりも十センチほど高く、ほどよく筋肉のついた体は恵まれた体格と言えよう。ただし、男性としては、だ。ドレスを着るとなると話は別だ。

目の前のアマンディーヌを見つめながら、ジャネットはむぅっと眉根を寄せた。

この人が友人達に大人気の、クールでミステリアスとキャーキャー騒がれている、あのアラン＝ヘーベルと同一人物なのだ。『氷の貴公子』と世の貴族令嬢達をうっとりさせている、あのアラン＝ヘーベルと！

知ってはいても、俄《にわか》には信じがたい。

後から聞いた話によれば、アマンディーヌは美容アドバイザーとしての一面と、シルティ王女の護衛という二つの任務を兼務しているという。剣はどうしているのかと聞いたらスカートの下に隠し持っていると言われ、ジャネットはその質問をしたことを後悔した。

どこからどう見ても男体形のオネエがスカートをたくし上げて剣を取り出すシーンなど、シュールすぎる。見たくないし、想像したくもない。そしてそのことを知っているのはシルティ王女を始めとする王族と、一部のごく限られた関係者や同僚の近衛騎士のみだそうだ。

ちなみに近衛騎士達には『敵を欺《あざむ》くために』と説明してあるらしい。本当の理由は絶対に違う気がするけど。

「何？　どうかしたの？」

ジャネットがじっと自分のことを見つめていることに気付いたアマンディーヌは、怪訝な表情でジャネットを見返した。

「いえ、なんでもありませんわ」

「そう？　じゃあ、今の話は理解していただけたかしら？」

「はい」

「じゃあ、まずは口を閉じたまま、魅惑的な笑顔を」

アマンディーヌがテーブルに座るシルティ王女とジャネットの前に小さな置き鏡を用意した。

ジャネットはその鏡を覗き込んだ。そこに映っているのは地味な見た目の若い女だ。ここに初めて来たときは痩せすぎと言われるほどに痩せていたが、この四ヶ月でだいぶ太ったせいか、痩せこけていた頬はふっくらとしてきた。それに、青白かった肌は少し赤みを帯びて健康的に見えた。

ジャネットは口を閉じたまま、口の端だけを上げた。それに合わせて、鏡に映る女の口が綺麗な弧を描く。たったそれだけなのに、地味な見た目が少し華やいだように見えた。

「そうよ。上手だわ。あまり頑張って口の端を上げすぎると笑顔が強張って見えるから、今の感覚を忘れないで。じゃあ、次は少しだけ歯を見せてはにかんで」

ジャネットが指示を出す。

ジャネットはいったん顔の表情を戻した。そして、少しだけ口を開けて口角を上げる。ただし、上げすぎないような絶妙な具合を探すのだ。その次は朗らかに笑って、最後は楽しくてたまらないように笑って……。

それを何回も何回も何回も繰り返した。表情筋が自然にそれを再現できるよう、覚え込ませるように。

初めてこのレッスンを受けたときはぎこちなかった表情も、随分と自然になったと思う。恐らく、鏡がなくてももう大丈夫だ。

「今日はこんなところね。終わりにしましょう」

アマンディーヌが終了を報《しら》せるようにポンポンと手を叩いた。ジャネットはお礼と了解の意を込めて少しだけ口角を上げ、微笑んで頷く。アマンディーヌはそれを見ると満足げに頬を緩めた。

ジャネットはその様子を眺めながら、どうしても聞かずにはいられなかった。

「アマンディーヌ様は――」

「何？」

「アマンディーヌ様はどうして女性の格好をするようになったのですか？」

その瞬間、アマンディーヌの表情から笑顔が消える。

ジャネットはしてはいけない質問だったのかもしれないと、その質問をしたことを後悔した。少しの沈黙の後、アマンディーヌはゆっくりと口を開いた。

「好きだったの。昔から、人の髪をいじったり、お化粧したり、可愛らしく着飾らせたりするのが。

でも、わたしには姉も妹もいないから、最初は人形を相手にそういう遊びをしていたわ。そのうち、男なのに人形遊びばかりしているわたしを心配した父親に、人形は取り上げられたわ。だから、今度はよく遊んでいたシルティ王女殿下や、シルティ王女殿下が持っているお人形相手にそういうことをし始めた。シルティ王女殿下に会えないときは仕方がないから、自分を練習台にしていたわ。屋敷の侍女は父からこの手のことに協力することを固く禁じられていたから」

ああ、とジャネットは頷いた。

ヘーベル公爵が人形を取り上げ、侍女達にアランがそういう遊びをすることに協力することを禁じた理由はよくわかる。名門公爵家の息子がそんな女々しい趣味を持っているなどと世間に知られたら、一族の恥さらしだと思われたのだろう。

「父はなんとかこういった趣味嗜好からわたしを遠ざけようとしたわ。自分の髪を結えないように短く切られたり、無理やり騎士養成学校に入れられたりしてね。でも、逆効果なのよ。禁止されると余計にやりたい思いが募るの」

アマンディーヌはふっと視線を遠くに向ける。何を見ているのでもなく、窓の外を見つめているように見えた。

「だから、わたしも意地になってしまって。あるとき、素敵な出会いがあって、同じような趣味を持つ人に背中を押してもらう機会があったのよ。『そんなに好きなら、本気具合を見せてやればいい』って言われて。それで、初めてこの格好したときは、父と取っ組み合いの喧嘩になったわ」

アマンディーヌはそのときのことを思い出したのか、はぁっとため息をついた。

「既に現役の近衛騎士として勤務し始めていただけあって、わたしの圧勝だったけどね。途中で騒ぎに気付いた兄が止めに入ったけど、相手にもならなかったわ」

ジャネットは顔を引き攣らせた。

それはそうだろう。騎士の中でもエリート集団である現役近衛騎士の若者と、政務官の中年男性では、どちらが強いかなど火を見るより明らかだ。

屋敷の当主が女装姿の息子と取っ組み合いの喧嘩になり、あげくの果てに止めに入った嫡男までまとめてぼこぼこにされる。話に聞くだけでも恐ろしい。きっと名門ヘーベル公爵家にはその日、激震が走ったことだろう。

「シルティ王女殿下だけはいつもわたしの味方をしてくれていたわ。アランお兄様はすごいんですって何回も言ってくれて。こんな理由を公にできないから勘当するわけにもいかなくて最後は父も渋々譲歩《じょうほ》したのだけど、そのときに約束したの。こういうことをしたいならへーベル公爵家とは無関係の完全なる別人を装うことと、アラン＝へーベルとして過ごしているときはあくまでも男性であり立派な近衛騎士であること」

なるほどな、とジャネットは思った。

派手な見た目のオネエである王室付きの美容アドバイザーの姿は、世間の目をくらませるための演出なのだ。まさか派手なオネエが名門公爵家の次男で優秀な近衛騎士であるなどとは、誰も思わない。

「背中を押してくれた方は今どうしているのですか？」

「遠くにいるわ。元気みたいよ」

「どうしてわたくしには、隠し通さなかったのですか？」

「――さあ、どうしてかしらね？　でも、ジャネット嬢はきっとこのことを知ってもばかにしたりしないって知っていたわ」

ジャネットはアマンディーヌを見つめた。

少しだけ困ったような表情を浮かべるアマンディーヌは、きっと貴族社会において自分が相当な異端者であることを理解しているのだろう。

「アマンディーヌ様とアラン様はどちらが本当のあなたなのです？」

アマンディーヌは少しだけ小首を傾げて見せた。

「どちらも本当のわたしだわ。気持ち悪いと思った？」

ジャネットは少しだけ考えるように沈黙し、首を振った。

「いいえ、思いません。近衛騎士としても美容アドバイザーとしても一流であるあなたを尊敬します。そういうの、悪くないと思うわ」

アマンディーヌは驚いたように目を見開き、そして「ありがとう」と小さく呟くと嬉しそうにはにかんだ。ジャネットも釣られて口元を緩める。

「その凄腕でダグラス様をギャフンと言わせるいい女に導いてくださいませ」

「当たり前よ。明日からはもっと厳しくいくわ。覚悟しておきなさい」

満面に笑みを浮かべたアマンディーヌが握り拳を作って胸をドンと叩いたのを見て、ジャネットは表情を引き攣らせた。

「ええ!? 今より厳しく!?」

「だって、ジャネット嬢はしごきがいがあるもの」

「し、しごきがい!?」

「そっ。しごきがい」

アマンディーヌが意味ありげにニヤリと笑う。

「まあ、わたくしもやります。抜け駆けはだめですわ!」

シルティ王女が頬を膨らませて身を乗り出した。

それから三人は顔を見合わせると、誰からともなく声を上げて笑い合った。

「ジャネット嬢のそういう懐《ふところ》の深いところ、すごく好きだわ」

「……ありがとうございます」

にっこりと微笑んだまま褒められたジャネットは、少し気恥ずかしく感じて頬を赤らめた。

第五章　ジャネット、勝負に挑む

ジャネットはこの日、アマンディーヌの指導の下でシルティ王女とお化粧のレッスンを受けていた。シルティ王女はもちろん、侯爵令嬢であるジャネットも、基本的にお化粧は侍女にしてもらう。

しかし、アマンディーヌによると、自分を美しく見せる化粧の仕方を知っておくというのはとても大切なことだという。

「シルティ王女殿下は目がクリっとしていて顔の輪郭《りんかく》も緩めな玉子型のラインを描いているでしょう？　だから、そのよさをいかすために可愛らしいお化粧が似合うの」

そう言いながら、アマンディーヌはシルティ王女の顔に左右でトーンの違う化粧を施した。右側は目のクリクリ感をいかした可愛らしいイメージ、左側は寒色系を中心としたクールな印象の化粧を施した。

「もしクールにしたいのなら、全部をクールにまとめるのではなくて、さりげなくアイライナーで上がり目にしたり、アイシャドウに茶系を混ぜたりするのがいいわ。無理に大人っぽくすると、シルティ王女殿下の魅力がかえって削がれてしまうから。今、左側はいわゆるクールビューティーと呼ばれるタイプの化粧の仕方よ」

アマンディーヌは鏡に向かって、シルティ王女の顔の左右を交互に指し示し、持っていた布で顔半分を隠して見せた。確かにかなり印象が異なる。シルティ王女も何度も右半分と左半分を交互に鏡に映し、食い入るように鏡を見た。

「なんだか、左側は無理して大人っぽく見せているように見えるわ」

シルティ王女が鏡を見つめながら眉を寄せる。左側も化粧は綺麗にされているが、右側と見比べてしまうと、シルティ王女の少女らしい雰囲気には似合っているとは言いがたかった。アマンディーヌはそれをわかりやすく示すために左右で違う化粧をしたのだろう。

「そうでしょう？　では、次は全体を可愛いらしくまとめるわ」

アマンディーヌは一度シルティ王女の左側の化粧を綺麗に落とすと、今度は全体を可愛らしく化粧し直した。

「これが通常の可愛い系メイク。ここでシルティ王女を少し大人っぽく見せたいと思ったら、例えばアイシャドウの色に落ち着いたマットカラーを取り入れるわ」

アマンディーヌはそう言いながら、焦げ茶色のカラーを目の際の辺りにのせて馴染ませた。それだけでも、随分と印象が変わったように見える。

「さらに大人っぽく見せたいなら、チークの色を変えるか、アイライナーの入れ方を変えるか。でも、やりすぎると先ほどのように無理した感じが出てしまうから気を付けて」

そう言うとアマンディーヌはシルティ王女の両肩にポンと軽く手を置いた。おしまいの合図だ。

「じゃあ、次はジャネット嬢。座って」

アマンディーヌに促されて、ジャネットは椅子に座った。アマンディーヌはジャネットのドレスが汚れないように白いタオルを首回りにかけた。アマンディーヌの香水のフローラルな香りと、太陽の香りが混じり合ってほのかに香る。

「ジャネット嬢はひとつひとつのパーツは綺麗だし、左右対象の顔をしているでしょう？　顔が綺麗に左右対象の人って、なかなかいないのよ」

アマンディーヌがジャネットの右側半分と左側半分を交互に隠した。ジャネットには右も左も同じ地味な顔に見えるが、アマンディーヌが言うには、大抵の人は左右で別人のように顔が違うという。

「ジャネット嬢の顔で勿体ない点は、顔の凹凸が少しだけ少ないことね。今日はこれをカバーする方法を教えます」

アマンディーヌはまず、シルティ王女と同じように下地までを塗り込むと、三色のファンデーションを用意した。

「いい？　凹凸と陰影を見せるために、高く見せたい場所は明るい色、低く見せたい場所は暗い色を使うの」

アマンディーヌは三色をそれぞれ顔に塗ると、境目が目立たないように少しずつ馴染ませてゆく。パウダーをはたかれて目を開けると、いつもよりはっきりした顔立ちの自分がいてジャネットは驚いた。

アマンディーヌはその後も影にしたいところは暗い色、明るくしたい場所は明るい色を徹底し、最後は特に高く見せたい場所にハイライトをのせるように言った。

「まあ、ジャネット様。とってもお綺麗ですわ！」

横で見ていたシルティ王女がはしゃいだような声を上げて両手を握った。

ジャネットは鏡を覗き込んだ。元々が元々なのでさすがに彫りが深いとまでは言えないが、今のジャネットを見て凹凸の少ない平坦な顔という人はほとんどいないだろう。そこには、ひいき目でなく、今までの人生で見た中で一番綺麗な自分がいた。

「まあ、すごいわ」

「だから言ったでしょう？　女の子は誰だって可愛くなれるのよ」

アマンディーヌが得意気に笑う。ジャネットはもう一度鏡を覗いた。何回も練習した口角を上げる微笑みを浮かべると、鏡の中の美女も美しい微笑みを浮かべた。

「やっぱり、好きな人のために頑張ると成果が出やすいわよね。恋は何よりも美しくなることに効果的だわ」

「好きな人？」

ジャネットは首を傾げる。アマンディーヌはそんなジャネットを見つめ、キョトンとした顔をした。

「ダグラス殿がお好きなのでしょう？　だから、こんなに頑張ってきたんじゃないの？」

「……ああ、そうでした」

ジャネットは気の抜けた返事をする。

ジャネットがここに行儀見習いに来た理由。それは、他ならぬ婚約者のダグラスに綺麗だと思わせて、二度と浮気などできないようにギャフンと言わせてやるためである。

それなのに、すっかりそのことを忘れていた。

「ちょっと？　ぼっーとしているんじゃないわよ。アホ面になるわ」

アマンディーヌは少し呆れたような顔をしてから、意地悪く片眉を上げた。

「なっ！　ぼっーとなどしておりません！」

「そう？」

ジャネットはすぐさま言い返した。アマンディーヌにずいっと顔を寄せるとキッと睨みつける。真っ直ぐに見つめ合う新緑色の瞳が、面白いものでも見るように細められた。

それを端から眺めていたシルティ王女がちょっと拗ねたように口を尖らせた。

「アマンディーヌ様とジャネット様は、いつもじゃれ合っていて仲がよろしいですわね。わたくし、嫉妬《しっと》してしまいますわ」

「じゃ、じゃれ合って⁉」

それを聞いたジャネットは即座にアマンディーヌから体を離し、頬を赤くした。アマンディーヌは女のような格好をしているけれど、実際は男なのだ。

「あら、当然よ」

アマンディーヌが口の端を上げる。

「だって、わたしとジャネット嬢はダグラス殿をギャフンと言わせるという崇高《すうこう》なる使命を果たすための同志なのだから。ねえ、ジャネット嬢？」

「――あ、はい」

その言葉はなんの偽《いつわ》りもない真実なのに、なぜか心がチクリと痛んだ。アマンディーヌが訝しむように目を細めて頬に手を当てる。

「やっぱりボーッとしているわ」

「してませんってば！」

「元気になったわ」

即座に言い返したジャネットを見て、アマンディーヌはクスクスと楽しげに笑った。

☆　☆　☆

王宮に設《しつら》えられた簡素ながら清潔感のある部屋の一室。

窓際の椅子に腰掛けていたジャネットは、手元の手紙を見つめていた。意を決して白い上質紙の封筒に蜜蠟《みつろう》を垂らしてドンッと手持ちの印を押すと、そこにはジャネットの実家であるピカデリー侯爵家の家紋が刻印された。

赤い蠟に浮かんだ凹凸の窪みに僅かな影が落ちる。

そろそろジャネットが行儀見習いに来てから五ヶ月が経つ。つまり、当初アマンディーヌと約束した行儀見習い期間がもうすぐ終わりを迎えるのだ。そこで、ジャネットは婚約者ダグラスに手紙をしたためた。

そこには、そろそろ行儀見習いを終えること、行儀見習いが終われば実家に戻ること、そして、来月開催される予定のヘーベル公爵家主催の舞踏会には一緒に参加したいということを書いた。

ジャネットはしばらくその手紙を無言で見つめた。

婚約者であるダグラスとは、約五ヶ月前に不貞の現場を見せつけられた舞踏会以来、一度も会っていない。彼はこの手紙を受け取ったらどう思うだろうか。そして、一ヶ月後に再会したら、どんな反応を示すだろうか。

いつものようにこちらをほとんど見もせずに、表情ひとつ変えない？　それとも、再会を少しは喜んでくれる？　もしかしたら、自分にも熱っぽい視線を向けてくれる？

この五ヶ月間、ジャネットは自分なりに頑張ってきたつもりだ。

最初は嫌々だったし、口うるさくて強引なオネエに付きまとわれて最悪だとすら思っていた。けれど最近はシルティ王女と切磋琢磨《せっさたくま》するのは楽しいし、完璧にできたときなどにアマンディーヌが『よくできています。美しいわね』と褒めてくれるのがとても嬉しい。

「大丈夫。きっとダグラス様はわたくしを見てくださるわ」

ジャネットは手紙を見つめ、自分を勇気づけるように小さく呟く。

――けれど、もしこれだけ頑張っても彼が振り向いてくれなかったら？

そのときは、こんな意に染まない婚約などもう解消して、彼を解放してあげよう。元々、この婚約は初恋の彼に憧れたジャネットが父親に言って実現させたものだ。ときが流れ、初恋の彼と今の彼は別人のようになっていたという、それだけのこと。

それで、どこぞの未亡人のところに行くなり、美少女と名高いご令嬢のところに行くなり、ダグラスの好きにすればいい。ジャネットはそう決めていた。

それに最近、自分がわからないのだ。

ダグラスと会わなくなりもう五ヶ月が経とうというのに、ちっとも寂しくない自分に戸惑いを覚えずにはいられない。むしろ、ジャネットはこの行儀見習い期間が楽しくてたまらない。

――わたくしは『初恋の彼』と結婚する物語のヒロインになりたかっただけなのでは？

最近は、そんなふうにすら思えてきた。

もしそうだとすれば、ダグラスからすれば迷惑な話だろう。なぜなら、ダグラスにとっては、ジャネットは初恋の相手でもなんでもないのだから。

偶然子供時代に一度だけ出会った記憶にもない少女。勝手に想いを寄せてきて、婚約を打診してきた高爵位持ちの地味な女。

それがダグラスにとってのジャネットなのだ。

――ダグラス様と結婚したら、わたくしはどんな結婚生活を送るのかしら？

ジャネットはふと考えた。

やっぱり両親のように、仲睦まじい夫婦になりたいと思った。縁あって共に歩むことを決めた二人なのだから、上手くやっていきたい。始まりがどうであれ、その努力をしたい。

ジャネットはもう一度封筒を見つめると、目を瞑《つむ》り深呼吸をする。パチンと両手で頰を叩き気合いを入れ、それを配達係のところに出しに行った。

☆　☆　☆

その日は座学がメインの日なのでアマンディーヌのレッスンがない日だった。

ライラック男爵による『諸外国との輸出入品目の推移と政権の関係』について講義を受けたシルティ王女は、ライラック男爵がお辞儀をして部屋を退出するや否やいつものようにテーブルに突っ伏した。

「いつも難しいけど、今日は特にひどかったわ。何を言っているのかさっぱりよ。わたくし、居眠りしなかっただけ上出来だと思うわ」

頭から転がり落ちた布袋を弄《もてあそ》びながら、シルティ王女がぷうっと頰を膨らませる。ジャネットはその様子を見ながらクスクスと笑った。

「確かに今日の授業は難しかったですわね」

「難しいどころか、意味不明よ！」

シルティ王女が悲鳴に近い声を上げる。

「だって、年代ごとの主要品目と数量、総額を次回までに全部覚えろって言っていたわよ？　無理よ。無理だわ！」

頭をがしがしと掻きむしるせいで、シルティ王女の美しい金色の髪の毛はぐちゃぐちゃになってしまっていた。

確かに今日の授業でライラック男爵が暗記しろと言った部分は、いつもより多かった。シルティ王女の気持ちもわからなくもない。そのまましばらく死んだようにピクリとも動かなかったシルティ王女は、突如ガバリと起き上がった。突っ伏していたせいでおでこが少しピンク色になっている。

「わたくし、いいこと思いついたわ！」

「あっ、騎士団の訓練場に行かれるのですね？」

「そ、そうよ」

言おうと思っていたことを先にジャネットに言い当てられ、シルティ王女はちょっとだけバツが悪そうに頬を赤らめる。

「ジャネット様も行きましょうよ」

「はい。ご一緒させていただきますわ」

シルティ王女のいつもより少しだけぶっきらぼうな様子がなんとも可愛らしくて、ジャネットは一人頬を緩めた。

訓練場に行くと、今日も王族の警護のシフトから外れている近衛騎士達が訓練を行っていた。遠くからでもカンカンと金属がぶつかり合う音が聞こえる。

ジャネットとシルティ王女が顔を出すと、来訪に最初に気付いたアランが近寄ってきた。そして、ぐちゃぐちゃになったシルティ王女の髪を見て、眉をひそめた。

「シルティ王女殿下。今日も護身術レッスンでよろしいですか？」

「ええ、そうよ」

「承知いたしました。その前に、あちらに行って髪を整えましょう。ジャネット嬢、一人で準備体操はできるか？」

「できますわ」

アランから尋ねられ、ジャネットは力強く頷いた。

この訓練場に来るのも、もう両手で足りないほどになる。シルティ王女のように襲いかかる役をする近衛騎士を上手く撃退することは未だにできないけれど、準備体操くらいは完璧にできるようになった。

「では、先に始めていてくれ」

アランはジャネットの顔を見て少しだけ微笑むと、シルティ王女を連れて奥の部屋へと消えて行った。

ジャネットはいつものように体を順番にほぐしてゆく。膝に手を置いてゆっくりしっかり伸ばすように屈伸をする。膝を曲げないように足元の床に手を伸ばす前屈は、はじめは全く床に手が届かなかったのに、今ではぺったりと手のひらがつくようになった。訓練場の地面は土に砂が撒《ま》かれており、触るとざらりとした感触がした。

次に行った後屈では、視界に上下反転の景色が広がり、すぐ近くの地面までよく見えた。その後は関節を回し、体中の筋肉を伸ばしてゆく。最後に腱を伸ばして柔軟運動をすると、準備体操を終えた。

ジャネットは先ほどアランとシルティ王女が消えた部屋の方向に目をやったが、二人はまだ戻ってこない。

ぐるりと訓練場を見渡すと、奥で剣の打ち合いをしている騎士が数名と、剣の素振りの練習をしている騎士が何人かいる。そのうちの一人と目が合うと、目が合った騎士はにこりと微笑んで近づいてきた。

「お手伝いしましょうか、レディ？」

ジャネットはその騎士を見上げた。蜂蜜《はちみつ》色の少しくせのある髪と翡翠《ひすい》のような瞳が印象的な青年だ。

「でも、訓練のお邪魔じゃないかしら？」

「少しくらいなら大丈夫ですよ。わたしは近衛騎士隊のフランツ＝バウワーです。以後お見知りおきを」

青年は歯を見せて爽やかに笑う。

人当たりがよく、優しそうな人だ。バウワーと聞き、ジャネットの頭にはすぐにバウワー子爵家が浮かんだ。可も不可もない、中堅の子爵家だ。

「ではお願いします。申し遅れましたがわたくしはジャネット＝ピカデリーです。よろしくお願いしますわ」

ジャネットはアマンディーヌ仕込みの美しいお辞儀をして見せた。

「ジャネット＝ピカデリー？　もしかして、ピカデリー侯爵家の？」

「そうです」

青年が少し驚いたように目をみはる。ジャネットはその様子に、怪訝に思って少し首を傾げた。

「どうかなさいました？」

「いえ。ダグラスから聞いていたのとだいぶ印象が違いますから」

「まぁ、フランツ様はダグラス様とお知り合いですの？」

「ええ。小さい頃からの、腐れ縁ですね」

そんな会話をしていると、アランがシルティ王女を連れて戻ってきた。ダグラスからどんなふうに自分のことを聞いていたのか気にはなったが、ジャネットはシルティ王女が戻ってきたので会話をやめた。シルティ王女の髪形はすっきりとしたひとまとめに整えられている。

アランは会話していたジャネットとフランツの顔を見比べる。

「フランツがいるならちょうどいい。今日からジャネット嬢も投げ技の実技練習をしたい」

ジャネットは聞き返した。アランの言葉を聞き、シルティ王女が目を輝かせて一歩前に出る。

「わたくしが実技？」

「まあ、実技！　上手くできるとすごく気持ちいいのです！　この快感、ジャネット様にも味わっていただきたいわ」

シルティ王女は少しはしゃいだように楽しげに笑った。

ジャネットはこれまで、ひたすら基本の動きのおさらいをしてきた。ジャネットがここで習うのはあくまでも護身術であり、攻撃技はない。

相手が掴みかかってきたときなどに相手の力を上手く利用して、撃退するのだ。例えばこれまでずっとやってきた基本動作のひとつに、体をさばきながら相手の後方に回り込む動作があった。これはだいぶ上手くできるようになった。

その後はそれらの基本動作を応用した動きを習ってきた。そのひとつが後ろに回り込んだ後に相手の肩口を摑み、懐に引きつけながら片手で相手の顎を上げ、背中の方へ投げ倒すという投げ技の動作だ。今日は初めてその実技を練習するという。

アランはシルティ王女に準備体操するように伝えると、首をコキコキと左右に鳴らしながらジャネットのすぐ前に来た。

「俺が実演するから、見ていてくれ。フランツ、相手を」

「わかった」

アランが合図すると、フランツが正面からアランに摑みかかる真似をした。アランはそれをひょいと腕で払いながら横によけ後ろに回ると、次の瞬間にはフランツは仰向けに地面に転がっていた。

「えっ？　速すぎてよくわからなかったわ」

ジャネットは目をぱちくりとさせる。本当に一瞬の出来事で、何が起こったのかさっぱりわからなかった。気付いたときにはフランツが地面に転がっていたのだ。

「やることはいつもの基本動作と同じだ。ゆっくりやれば上手くできるようになるだろう。フランツ、今日は俺がジャネット嬢を見てやるからシルティ王女殿下の相手を頼めるか？」

「もちろん」

すぐに立ち上がって服に付いた砂を払っていたフランツがアランに向かって頷く。

その日、ジャネットはアラン相手に何度も何度も何度も、先ほどアランが見せてくれたのと同じ動作を練習した。ジャネットは初心者である上に相手は男性の近衛騎士。しかも背の高さも全然違う。ジャネットとアランの身長差は三十センチ近い。

すぐに上手くできるはずもなく、かなり緩慢《かんまん》な動作で相手してくれているにもかかわらず、ジャネットはアランを払いのけるのがやっと。それでも、何十回目かの練習で初めてアランを後ろによろけさせることに成功した。

「よい動きだ。今、俺はとっさに倒れないように足に力を入れてしまったので、もう一度やろう。次は抵抗しない」

構えるように促されてジャネットはアランに目を凝らす。

二メートルほど離れた場所から、アランが真剣な表情でこちらを見つめている。体が近づくと同時に片手で体を払いのけ、肩口を掴む。もう片手で顎に腕を入れて力一杯ぐいっと押し倒すと、アランの体がガクンと後ろに傾き、そのまま後ろへと倒れた。

「きゃあ！　アラン様、大丈夫ですか!?」

ドシンと豪快に後ろに倒れたアランを見て、ジャネットは自分がやったにもかかわらず大きな悲鳴を上げた。受け身を取っていたアランはすぐに何事もなかったように立ち上がり、にやっと笑った。

「気持ちがよかっただろう？」

「は？」

アランは立ち上がりながら、騎士服に付いた砂をパンパンと払い落とす。濃紺のズボンは砂のせいで少し白っぽくなってしまった。

「技が決まると気持ちがいいだろう？　護身術は練習してきた成果がわかりやすいから自信につながる。お見事だ」

ジャネットの今の技は投げたと言うよりは押し倒したと言ったほうが正しいようなできだった。それなのに、アランはしきりに褒めて、ジャネットに笑いかけた。

「ジャネット嬢はいつもとてもよくやっている。それは確実にジャネット嬢の身になっている。もっと自信を持つといい。自信を持つと、人は自然と前を向く」

「――もしかして、アラン様はそれを言いたくて今日、わたくしに投げ技を？」

ジャネットに足りないのは自信を持つこと。ジャネットもそれは感じていた。

頑張っているとは思うが、それが成果として出ているのか、どうしても不安になる。元々の後ろ向きな性格も相まって、すぐに悪い方向に考えがちだ。

アランはジャネットの顔を見つめると、とぼけたように首を傾げた。

「いや？　俺はそろそろジャネット嬢にも実技ができる頃だと思っただけだ」

ジャネットはフフっと小さく笑った。今はその優しさに甘えて、そういうことにしておこう。

「どうもありがとうございます、アラン様」

その小さな呟きはきちんと聞こえたようで、アランが少しだけ口角を上げるのをジャネットは見逃さなかった。

☆　☆　☆

この日、ジャネットは広い舞踏会会場の端で、壁の花となっていた。

今日はフェラール侯爵家主催の舞踏会が開かれており、ジャネットはシルティ王女のお付きの者としてその場に参加していた。アマンディーヌがジャネットの隣に立ち、今日もレッスンをする。

「あそこにいるノーラ夫人を見て。もう六十歳近いはずだけど、相変わらず洗練されているわ」

ジャネットはアマンディーヌが視線で指す方向に目を向ける。

件《くだん》のノーラ夫人はダンスホールの奥で夫である子爵にエスコートされて佇んでいた。落ち着いたわさび色のドレスは舞踏会には地味な色合いだが、歳を重ねて落ち着いた印象のノーラ夫人にはよく似合っていた。形もスカートの膨らみが少なく、ノーラ夫人は見事に着こなしていた。

「素敵ですわね。よく似合っています。裾のスカラップ模様は最近の流行りですわね」

「そうよ。よく知っているじゃない？」

「シルティ王女の衣装係の方に教えてもらいました」

ジャネットは少し得意気にフフっと笑う。

ノーラ夫人のスカートの裾にはホタテの貝殻を並べたようなスカラップ模様と呼ばれる裾飾りが施されていた。このスカラップ模様をドレスに取り入れるのが最近の流行りだと、衣装係の手伝いをしているときに教えてもらったのだ。

若い人だと袖などの視界に入りやすい高い位置に取り入れることが多いが、ノーラ夫人は足元の裾部分にのみ取り入れている。その縫い糸の色もドレスよりほんの少し濃いだけなのでフェミニンになりすぎず、歳を重ねたノーラ夫人にとてもよく似合っていた。

「彼女は『自身に似合うものをよく知る』ということのお手本ですわね？　そして、さりげなく流行を取り入れてお洒落に手抜きをしていない」

「その通りよ」

隣を見上げると、アマンディーヌは満足げに微笑んだ。

「あそこにいるのはマリエンヌ嬢だったかしら？　あの子もとてもよく似合っているわ」

次にアマンディーヌが視線で示したのはまだ若い少女だった。ジャネットもその姿に見覚えがある。確か、トーラス伯爵令嬢で、歳はジャネットのひとつ下の十七歳だったはず。

「そうですか？」

「そうよ。あの大きなリボンを飾ったドレスは彼女の可愛らしい雰囲気と若さあってこそよ？　上手く着こなしているわ」

確かに彼女の可愛らしい雰囲気に大きなリボンのドレスはよく似合っていた。しかし、ジャネットは、アマンディーヌが彼女を褒めたことがなんとなく面白くなく感じて、素直に認めることができなかった。

このモヤモヤ感は、いったいなんなのだろう？

本当はその理由に気付き始めているけれど、すぐに気付かないふりをして気持ちに蓋をした。ジャネットはダグラスと婚約しており、あと半年もすれば彼と結婚するのだ。そのために今まで頑張ってきた。

行き交う人々をぼんやりと眺めていたジャネットはそのとき、会場の端に見覚えのある人を見つけ、目を凝らした。

その人は自身の黒髪によく似合う黒いフロックコートを、ピシッと着こなしていた。ジャネットの場所から少しだけ見える、甘いマスクの口元には微笑みを浮かべている。その人影がテラスの方へ移動してゆく。

「アマンディーヌ様。わたくし、少しだけ外します」

「何？　トイレ？」

「レディに変なこと聞かないでくださいませ！」

ジャネットがアマンディーヌをキッと睨む。

「あら。失礼したわ」

アマンディーヌは両手を上に向けて肩を竦めて見せた。

ジャネットはその人影を追ってテラスへと向かった。連れの女性がいるようで、その女性と会場からテラスに出て行ったのが見えたのだ。

外に出ると、テラスから庭園に下りた先にあるベンチのひとつに先ほどの二人が座って寄り添っているのが見えたので、息を殺して近づいた。

そこでは若い男女が愛を囁き合っていた。男は女の腰に手を回し、少女も男の背中に手を回している。

「——本当に戻ってくるの？　いつ？」

「手紙では、来月と」

「では、来月の公爵様主催の舞踏会のエスコートは……」

そこまで言うと、少女はすすり泣くような嗚咽《おえつ》を漏らす。

ジャネットはその光景を見ながら、なんとまあ白々しい演技なのかと、気持ちが急激に冷え込んでいくのを感じた。さすがのこの男——ダグラスも、まさかこの大根役者並みの泣き落としには応じないだろう。

そう思っていたのに、ダグラスの口から出てきたのは信じがたい台詞だった。

「泣かないでおくれ、僕の愛しい人。ジャネット嬢には都合がつかないと返事しておくから」

「でも……」

「大丈夫さ。彼女は僕に惚れ込んでいるからなんとでもなる。それに、僕はこの婚約は乗り気じゃないんだ。君も見たことがあるだろう？　あの陰気な女を。美しい君とは大違いだ。僕の心は君のものだよ」

ジャネットは我が耳を疑った。

どの口が言うのかと、思わず手持ちの扇で頭を叩きたい衝動に駆られる。

恋人が四人もいながら——まあ、そう聞いたのは五ヶ月も前のことだから、今も四人かどうかは知らないし、もしかするとジャネットが行儀見習いに出てから羽が生えて六人ぐらいに増えている可能性も否定できない——こんな台詞を吐くなんて、女タラシここに極まれり。

それに、乗り気でないなら、父であるピカデリー侯爵に一言、『婚約解消したい』と伝えればいいだけだ。父はなんの異議も申し立てずに納得するだろう。むしろ、これ幸いと喜ぶはずだ。

ジャネットは深呼吸して、二人の前に飛び出したい衝動を堪えた。

淑女たるもの、公共の場では決して取り乱してはならない。アマンディーヌはいつもジャネットにそう言って、決して人前で悲鳴を上げたり声を荒らげたりしないよう注意してきた。

——耐えろ、耐えるのよ。

ジャネットは何回も自分にそう言い聞かせる。

植栽の繁みの合間から見える二人の影が重なるのを、まるで歌劇のワンシーンを眺めるようにぼんやりと見つめた。婚約者のラブシーンを見るのはもう何回目だろう。もはや、一滴の涙すら出てこなかった。

「ちょっと、トイレにしては長すぎよっ！」

舞踏会会場に戻るとアマンディーヌがおかんむりだった。

ジャネットがいつまでも戻ってこないので、心配して会場内を探し回っていたようだ。ジャネットはアマンディーヌを見つめ、「ごめんなさい」と小さな声で謝罪する。その様子を見たアマンディーヌは怪訝な表情でジャネットを覗き込んだ。

「ねぇ。アンタ、体調が悪いんじゃない？」

「いえ。そんなことはございません」

ジャネット小さく笑って否定する。そのままおずおずと先ほどのようにアマンディーヌの横に立った。会場内では着飾った男女達が楽しげに歓談し、ダンスを踊っている。それを見て、ジャネットは自分だけ世界から取り残されたかのような寂しさを感じた。

少しの沈黙の後、ジャネットは隣に立つアマンディーヌを見上げた。

「アマンディーヌ様。来月のヘーベル公爵家の舞踏会、もしもわたくしにエスコート役がいなかったら、お相手を引き受けてくださいませんか？」

アマンディーヌの眉間に、訝しげに皺が寄る。

「え？　だって、アンタ、ダグラス殿に手紙を出したって――」

そこまで言いかけて、ジャネットの背後のテラスに視線を移したアマンディーヌは、何かに気付いたようでハッとした。

「ああ、もうっ！」

アマンディーヌが苛立《いらだ》った様子でジャネットの腕をぐいっと摑むと舞踏会会場の物陰に連れ込む。ジャネットは壁際の柱の角に立たされ、目の前にアマンディーヌが立ち塞がった。広い背中が視界を覆う。

「泣いても平気よ。お化粧なら後で直してあげるし」

「淑女は公共の場で取り乱したり、泣いてはならないのでは？」

「わたしが壁になっているからほぼ密室だわ。体のでかさは折り紙つきよ。それに、わたしが目立つから、後ろの人まで誰も見ないわ」

「まぁ……」

いくらアマンディーヌの体が大きいとはいえ、密室とは言いすぎだ。けれど、華やかな舞踏会会場では確かに誰もただの付添人であるジャネットのことなど気にも留めないだろう。その優しさに触れたとき、ジャネットの瞳から初めて涙がこぼれ落ちた。

この涙はなんなのだろうと、ジャネットは思った。

――相変わらずの婚約者の不貞を見たから？

――それとも……。

目の前を塞ぐ広い背中にコツンとおでこをつけると、アマンディーヌが気遣うように片手を後ろに回したのが目に入った。アマンディーヌの腰の後ろ辺りにあるその手を握ると、励ますように少しだけ握り返される。

――あったかいわ……。

その温もりが今はありがたくて、ジャネットの目からはまた涙がこぼれ落ちた。

数日後、ジャネットのもとにダグラスから届いた手紙には『随分前からの先約があり、申し訳ないがエスコートはできない』と書かれていた。

☆　☆　☆

その日、ジャネットは訓練場でフランツに護身術の稽古の相手をしてもらっていた。

フランツは第一印象の通り、とても親切で優しい男性だった。いつもジャネットとシルティ王女が訓練場を訪れるときに居合わせると、嫌な顔ひとつせずに相手をしてくれる。

「もう少し力を入れて。僕は平気だから、遠慮しなくていいよ」

フランツに促されてジャネットは手に力を込める。ジャネットが今練習しているのは相手が力を入れにくくするための拘束技だ。ジャネットが込めた力を感じたのか、フランツは口の端を上げた。

「そう、上手だよ。この位置を忘れないで。少しでも位置がずれると意味がない」

ジャネットが手を離すとフランツは今ジャネットが握っていた辺りを確認の意味を込めて指さした。

ジャネットが目一杯に力を込めたせいで、白い肌はその部分だけ熟れたりんごのように赤くなってしまっている。

「わかりました。――フランツ様、ごめんなさい。腕が赤くなってしまいました」

「いや、大丈夫だよ。ジャネット嬢のように魅力的なレディに跡をつけられるなんて、役得だ。とても上手くできていたよ」

申し訳なくて謝罪するジャネットを、フランツは明るく笑い飛ばす。ジャネットはそんなフランツを見つめ、眉尻を下げた。

きっと、多少は痛むはずなのに、ジャネットが気を遣わないようにしてくれているのだろう。

フランツといい、アランといい、ジャネットに対してとても親切で優しい。こんな人達が婚約者だったら、自分も幸せだったのかもしれない。ジャネットはふとそんなことを思った。そして、フランツが以前言っていたことを思い出した。

「以前、フランツ様はダグラス様と幼い頃からの友人だと仰《おっしゃ》っていましたわね？」

「ああ、そうだよ。父同士の仲がよくて、小さな頃からよく会っていた」

「ひとつだけお聞きしても？」

「もちろん」

フランツは笑顔で頷く。その笑顔はジャネットの中にある少しの迷いを振り切る手助けをした。

「ダグラス様はいつからああいう調子なのです？　その……、少しだけ女性に対してお遊びがすぎる気がするのです。昔は人の髪をいじるのが好きで、もっと純朴でしたわよね？」

「え？　人の髪をいじる？」

フランツが怪訝な顔で首をかしげる。

「髪をいじるというのは、ちょっとわかりませんね。ダグラスは小さい頃からあの調子ですよ。可愛い子に目がないのです。あの通り見目がよくてもてましたからね」

そこまで言って、フランツは自分の失言に気付いたようで慌てた様子でジャネットに弁解を始めた。

「あいつはきっと、ジャネット嬢に対して照れているのですよ。じゃないと、こんなに素敵なレディに対して――」

ジャネットは首を横に小さく振ると、その言葉の先を態度で遮《さえぎ》った。

ジャネットが聞きたいのはそんなことではない。ダグラスは先日の舞踏会で確かに、ジャネットのことを『陰気な女』と言い、『この婚約は不本意である』と言った。

照れているだけの人が本人に隠れて陰でそんなことを言うわけがない。それに、婚約者であるジャネットのエスコート役を断って他の女性をエスコートするなど、さすがに道理としておかしい。それくらいジャネットにもわかる。

けれど、目の前のフランツはそのことを知らないのだから責められない。

ジャネットにはやっぱりわからなかった。

昔からあの調子？

では、自分が見た幼い日のダグラスは、いったいなんだったのだろうか。

乱れたジャネットの髪を小さな手で一生懸命に結ってくれた。髪に髪飾りをつけ、可愛いよと新緑色の瞳を細めて優しく微笑んだ。

もしかしたら、あれは全て夢だったのかもしれない。最近ではそんなふうにすら思えてきた。

「フランツ様はお優しいですね。ありがとうございます」

ジャネットが微笑むと、フランツは眉を寄せて何か言いたげに口を開きかけたが、思い直したようにまた口を閉じた。

☆　☆　☆

運命の舞踏会当日、ジャネットは大きな鏡の前に立ち、最後の確認をしていた。前から、後ろから、横から鏡を見つめ、おかしなところがないかを入念にチェックする。

体の向きを変えるたびに濃紺のシルクドレスの裾は軽やかに揺れた。

裾を彩《いろど》る流行のスカラップ模様は白い絹糸で縫われ、紺と白が対照的な色合いだ。それがアクセントとなり、大人っぽいドレスをジャネットの十八歳という年相応にフェミニンに見せている。

胸元に飾られたフリルはこの半年で少しだけ豊かになった胸を、より魅力的に引き立てていた。アマンディーヌのスーパーレッスンにより腰の細さはほとんど変わらずに保っている。それに姿勢がよくなり、久しぶりにコルセットを付けてしっかりとしたドレスを着るとスタイルが随分とよくなったように見えた。

「とてもお似合いですよ、ジャネット様」

着付けを手伝ってくれたシルティ王女付きの侍女達が口々にジャネットに賛辞を送る。ジャネットは侍女を見返してはにかんだ。侍女達も自分達のできに満足げに微笑みを浮かべる。

「まぁ、まぁ、まぁ！」

部屋の入り口から感激したような声が上がる。

目を向ければ、一足先に準備を終えたシルティ王女がこちらを見つめて目を輝かせていた。

「ジャネット様、とても素敵ですわ！」

まるで自分のことのように目を輝かせて大喜びをするシルティ王女は、自身の着ている水色の可愛らしいドレスの裾を持ち上げるとジャネットのもとに駆け寄った。シルティ王女の動きに合わせてドレスに付けられた花飾りもそよ風にあたる野花のように軽やかに揺れる。

「さすがはアランお兄様ですわ。ジャネット様に似合うドレスをよくご存じだわ」

「変じゃないかしら？」

ジャネットは紺色のドレスのスカートをちょこんと摘んで見せた。シルティ王女はとんでもないといった様子で目を丸くする。

「とってもお似合いです！　きっと、会場の皆様がジャネット様の美しさに釘付けだわ」

「まあ、シルティ様ったら」

ジャネットは口元を扇で覆い、クスクスと笑った。

さすがに『会場の皆の視線を釘付けにする』は言いすぎだ。

けれど、今日はアマンディーヌが気合いを入れてジャネットのお化粧をしてくれた。以前の凹凸のない地味なジャネットはどこにもおらず、ぱっと見は落ち着いた気品に溢れる淑女が出来上がっていた。

アマンディーヌに勧められたカメリアオイルを使って毎日欠かさずに手入れをしてきたくせ毛は、以前に比べてしっとりとして落ち着いた。アマンディーヌは敢《あ》えてそのくせ毛の全てをしっかりとまとめ上げずに、一部を垂らしたまま残した。

緩めにウェーブする薄茶色の髪が紺色のドレスに少しだけかかる様は、夜空に浮かぶ星の道のように見える。

そして、今日のエスコート役のアランがジャネットのために選んでくれた紺色のドレスが思った以上に自分に似合っていることに、ジャネット自身が一番驚いた。今までは目立たない榛《はしばみ》色や薄茶色を着ることが多く、こんな大人びた色は着たことがなかったのだ。

部屋のドアをトン、トン、トンとノックする音がした。

シルティ王女の「どうぞ」という声に合わせてドアが開く。

最初にシルティ王女のエスコート役のエリック王子が姿を現し、そのすぐ後ろからアランが顔を覗かせた。ドアの隙間からこちらを見つめる視線がジャネットの視線と絡まると、新緑色の瞳が優しく細められる。

「準備はいい？」

「はい。おかしくはないでしょうか？」

「大丈夫だよ。似合っている。素敵だ」

こちらを見つめる優しい新緑色の瞳に既視感を覚えて、ジャネットはハッとした。なぜか、アランの姿が初めて出会ったときのダグラスと重なったのだ。

「では、お手をどうぞ。レディ」

アランがスッとジャネットの前に片手を差し出した。ジャネットはその手にそっと自分の手を重ねる。手を握られたまま、アランは真剣な顔でジャネットの顔を覗き込んだ。

「いいかい？　君はこの半年間、とても頑張った。今日のきみは誰よりも美しい。自信を持って、笑っているんだ。ダグラス殿に今のきみを見せてやろうじゃないか」

「はい、頑張ります」

ジャネットは美しく紅の引かれた口の端を上げて、しっかりと頷く。

「よし」

アランも口の端を上げて、微笑んだ。

☆　☆　☆

ジャネットがヘーベル公爵家を訪れるのはこれが初めてだ。舞踏会の招待状を受け取ったことはあるけれど、何かと都合が悪くこれまで訪れる機会がなかったのだ。

王宮の近くの一等地に広大な敷地を誇る屋敷は、大きな三階建てだった。ジャネットの実家であるピカデリー侯爵家も有力貴族なだけあってとても大きな屋敷だが、ヘーベル公爵家はその規模を遥かに超えている。

白いタイルの外観は、まるで昔絵本で見たメルヘンの世界のお城のようだ。敷地内に入ったらすぐにある庭園も、これだけの広さがありながら細部までしっかりと手入れが行き届いている。

――さすがは王家と縁続きね。すごいわ……。

ジャネットはその屋敷を眺めながら、ヘーベル公爵家の権威のすごさを感じた。

そして、今日の舞台となるダンスホールはその屋敷の一階の中央部にあるようだ。

アランは実家だけに、勝手知ったる様子で裏口へ馬車を乗りつけた。

馬車が停まると御者《ぎょしゃ》が扉を開けるのを待つことなく先に降り、中に残るジャネットに片手を差し出した。ジャネットはその手に自分の手を重ね、馬車を降りる。

靴底が石畳の地面にあたり、カツンと軽快な音を鳴らした。顔を上げると目の前には水色に塗られた、とても裏口とは思えないほど立派なドアがある。

「俺はホスト側にあたるから、裏口から入らないとならないんだ。正面からエスコートできなくて悪い」

「ええ、わかっていますわ」

　ジャネットはせっかくの壮麗な濃紺のドレスが汚れないように裾を持ち上げた。ダンスホールの入り口はふたつ。ひとつは正面玄関の方面の廊下とつながり、ゲスト達が入場する来賓用の入り口。もうひとつはこの屋敷の居住スペース側とつながる、ホスト側入り口だ。

　ダンスホールのドアの前に立ったとき、ジャネットは心臓が飛び出そうなほど緊張していた。精緻《せいち》な彫刻の施されたドアの向こうから人々の話し声や足音、ゲストの歓迎のために演奏されているゆったりとした音楽が聞こえる。もう、かなり人が集まり始めているのだろう。

「ジャネット嬢」

　緊張から表情を強張らせているジャネットに、アランが声を掛ける。ジャネットは硬い表情のまま無言でアランを見上げる。

「もう行くわよ？　ボケっとしないで」

　聞き慣れた裏声がして、アランが意地悪く片眉を上げる。

「なっ！　ボケっとなどしておりません！」

　とっさにジャネットが頬を膨らませて言い返すと、アランはくくっと笑った。そして、新緑色の双眸を柔らかく細める。

「大丈夫、きみはとても綺麗だ。ほら、前を向いて。笑って。行くよ」

　強く腰を抱き寄せられ、ドアが開かれたとき、ジャネットは条件反射でいつものように背筋を伸ばした。

布袋を落とさないように、糸で頭を吊られたように、この半年間、常に意識し続けた姿勢。顔には毎日のように鏡の前で練習した穏やかな微笑みを浮かべて。

ホールで歓談していた人々が一斉にこちらを向く。ジャネットはスカートの端を摘み上げお辞儀をし、ゆっくりと顔を上げた。口角をしっかりと上げて、魅力的に見えるように微笑んで。

「あれ、アラン様じゃない？」

「本当だわ。女性をエスコートしているわ」

いつもならシルティ王女しかエスコートしないヘーベル公爵家の次男、アラン＝ヘーベルが別の女性をエスコートして来たことに、会場ではどよめきが起きた。好奇の視線が一斉にジャネットに降り注ぐ。ジャネットはそれを笑顔のままかわした。

舞踏会が始まると最初にホストであるヘーベル公爵夫妻と主賓のエリック王子とシルティ王女のペアがダンスを披露する。ジャネットはその様子を緊張の面持ちで見守った。隣に立つアランがジャネットの耳元に口を寄せる。

「次は一番簡単なワルツを演奏するように頼んだから、行こう」

「大丈夫かしら？」

ジャネットは相変わらずダンスが下手だった。これはもう、先天的な向き不向きによるものではないかと思っている。おかしなダンスを披露してはパートナーまで恥を掻く。

「アマンディーヌが教えたんだ。大丈夫に決まっているだろう？　間違いない」

不安げに見上げたジャネットをアランは微笑んで勇気づけた。

広い会場の中央にアランと向き合って立つと、多くのご令嬢が注目するのがわかった。そのせいで、ただでさえ緊張しているのに、ますます緊張して足が震える。

ダンスはやっぱり苦手だ。不格好だと周りの人に笑われるのではないかと、そのせいでペアを組んでくれたアランに迷惑をかけるのではないかと、不安でたまらなくなる。

「あっ」

――しまった！

そう思ったときには、体がよろめいていた。けれど、倒れることはない。

足が縺《もつ》れた瞬間、アランがふわりとジャネットを持ち上げる。ジャネットの気持ちを察したように、アランはジャネットを見下ろして意地悪くニヤリと笑う。

「ほら。ワン、ツー、スリー、ここでターン」

裏声で小さく囁かれ、ジャネットは目をぱちくりとさせた。目の前のアランの見た目とアマディーヌの声のちぐはぐさに、思わず噴き出してしまう。

「そう、笑って。俺だけを見ていて。絶対に転ばせたりしないから。大丈夫。きみは上手に踊れている」

新緑色の双眸が優しくこちらを見つめている。

アランにそう言われると、なんだか本当に大丈夫な気がした。

重かった足元が軽くなり、自然に笑みがこぼれる。

背中に羽が生えたように、軽やかに体が動いた。

――楽しいわ。

見上げたアランの顔の後ろに見える天井から吊り下げられたシャンデリアが煌めいてまるで星のよ

うに見えた。ふわりふわりと空を舞うような、不思議な感覚。

舞踏会で、ダンスホールの中央で踊るダンスが楽しいと思ったのは、生まれて初めてのことだった。今までは、壁の花がジャネットの役目だったから。

楽団の演奏が終わり、ダンスを終えたとき、ジャネットは一抹の寂しさを感じた。ダンスホールの端に寄ると、アランはジャネット見下ろして微笑んだ。

「とても上手だったよ」

「転びかけてアラン様に助けていただきましたわ」

「そう？　気が付かなかったけど？」

絶対に気付いていたはずなのに、とぼけた態度を取る優しさが心に染みる。アラン＝ヘーベルという人は、ときに厳しく、ときに意地悪で、そして——誰よりも優しくジャネットを支えてくれる。

ジャネットはアランを見上げた。

「わたくし、ダグラス様を探してきますわ」

今日の舞踏会にダグラスが来ていることは、アランが招待客リストを事前に確認してくれたのでわかっている。ジャネットがざっと辺りを見渡した限りでは見かけなかったが、どこかにはいるはずだ。

「わかった。納得いくように話し合ってくるといい」

「はい。ありがとうございます」

ジャネットは笑顔で頷くと、会場の人波に身を投じた。

☆　☆　☆

ヘーベル公爵家はとても広い。舞踏会の会場となる大広間を一通りぐるりと歩き回ったジャネットは、途方に暮れたように辺りを見回した。

「いないわね……」

絶対にこの会場のどこかにダグラスがいるはずなのに、なかなか見つけられない。もう一度会場内を探そうと歩き出したとき、一人の男性が前に現れた。

「レディ。一曲お相手していただけませんか」

「ごめんなさい。人を探しておりますの」

ジャネットは胸の前に手を挙げると、ダンスカードを差し出そうとした男性に謝罪する。

さっきから一人で歩いていると次々と男性がダンスに誘ってきて、なかなか前に進めない。壁の花の経験しかないジャネットにとって、これには戸惑いが大きかった。

それでもジャネットはなんとか会場内をもう一周したが、やはりダグラスはいなかった。

──もしかして……。

ジャネットは少し考え、とある場所に思い当たる。そっと大広間を出ると、テラスへと抜け出した。

ひんやりとした夜風が頬を撫で、少しだけ飲んだお酒の酔いが醒《さ》めるのを感じる。

──やっぱりここにいたわ。

会場内にいないということはここではと予想した場所に、案の上ダグラスはいた。

しかも、彼は今まさにお取り込み中だった。

テラス下の少し薄暗いところにあるベンチで今日も可愛らしい少女と何やら愛を囁き合っている。

「愛しているよ」とか、「君だけだよ」という台詞が時折風に乗って聞こえてくる。

ダグラスと婚約して早一年、ジャネットにはだいぶダグラスの行動パターンが読めるようになってきた。どうやらダグラスの舞踏会におけるメインステージはダンスホールではなく、テラス下の物陰と休憩室と呼ばれる個室のようだ。

休憩室にいたら見つけられずに夜が明けるところだったので、テラス下にいてくれて助かった。ジャネットという婚約者がいながら他の女とテラス下で逢瀬を重ねているのに『よかった』というのもおかしな話だが、とにかくよかったとジャネットは胸を撫で下ろした。

「どうしようかしら……」

ジャネットは少し迷った。

ダグラスと若いご令嬢は体を密着させて寄り添い、何かを囁き合っている。

どう見てもお取り込み中の男女の間に第三者が割って入っていいものなのか。しかし、待つと言ってもいつまで続くのかわからない。

こんなに冷たい風が吹いているのに、この二人はずっと外にいて寒くないのだろうか。いや、この寒さがむしろ密着するのにちょうどいいのか。とにかく、婚約者《ダグラス》の行動がジャネットの理解を超えているのは確かなようだ。

──困ったわね……。

どうするべきかと悩んでいると、タイミングよくダグラスが立ち上がる。

そのまま一人で舞踏会のメイン会場となっているダンスホールのほうに戻ろうとするのが見えて、ジャネットは慌てて追いかけた。ご令嬢はそのままテラス下に残っているので、きっと飲み物でも取りに行くのだろう。

用事はさっさと済ませたほうがいいと、ジャネットはその場でダグラスに声を掛ける決心をした。

「ダグラス様」

「――なんだよ」

ジャネットが声を掛けると、ダグラスは急いでいるところを邪魔されたとでも言いたげな、不満をあらわにした表情で振り向いた。

しかし、ジャネットと目が合った途端に、慌てた様子で顔に笑みを貼りつけた。

「やあ」

「ごきげんよう。ダグラス様、お久しぶりですわね」

「ああ、久しぶりだね。元気にしていた？　きみに会えなくて寂しかったよ」

ジャネットはおやっと思った。これまで、一度たりともこんな甘い言葉を掛けてもらったことなどないのに、おかしい。

「――ダグラス様、わたくしが誰かわかりますか？」

ジャネットは小首を傾げてにっこりと微笑み、一応その確認をした。

「……もちろんだよ」

応えるダグラスの視線が泳ぐのを、ジャネットは見逃さなかった。

――いったいどなたとお話ししているつもりなのかしら？

婚約者であるジャネットだとは絶対にわかっていなさそうだが、本人がわかると言うならばそういうことにしておこう。

「探していましたのよ。ダグラス様はお元気にされていましたか？」

「ああ、変わりないよ。きみは？」

「ご覧の通りです」

ジャネットはふふっと笑う。

釣られて微笑んだダグラスの手がジャネットの肩に回りそうになったので、それは虫を払いのける要領ではたき落とした。ダグラスが払いのけられた右腕を所在なさげに揺らす。

「わたくし、ずっと気にかかっていたことがあるのです。ダグラス様は今の婚約にご不満があると前に仰っていましたわね？」

ジャネットは周囲を行き交う舞踏会の参加者にも聞こえるように、わざと大きな声でそれを確認した。それを聞いたダグラスは大げさなくらいに眉を寄せた。

「そうなんだ。侯爵家令嬢だからと無理やり僕を婚約者に据えてきて、本当に迷惑している。参っているんだよ」

「まあ、迷惑されていたのですね？」

「その通りだよ。こっちが格下だと思って、横暴《おうぼう》だと思わないか？」

大げさに嘆息して肩を竦めるダグラスを見上げて、ジャネットは深くしっかりと頷いた。

「本当にひどい話ですわ。お気の毒に……」

大きくはぁっとため息をつき、ダグラスを見つめた。

「ダグラス様。わたくし、あなた様をずっと慕っておりましたの。もう、何年も――」

「ああ。知っているよ」

ダグラスが形のよい口の端を上げ、甘い笑みを浮かべる。

ジャネットもにっこりと微笑んだ。

これまでは、ずっとこの笑顔を自分にも向けてほしいと思っていた。

ジャネットはまだ九歳だったあの頃、優しく微笑むダグラスに恋をした。たった一度の交流で、その後九年間も片想いし続けたのだ。

「でも、終わりですわ」

ジャネットは言葉を止め、目を閉じるとすうっと息を吸って深呼吸した。

もっと早く、こうするべきだったのだ。

これで、全部おしまい。

「ダグラス＝ウェスタン殿。双方合意で、わたくし達の婚約は解消いたしましょう。長らくご迷惑をお掛けいたしました」

「……へ？」

美しくお辞儀をして顔を上げたとき、ダグラスは呆気に取られた顔をしていた。そして、ようやくその可能性に行き着いたのか、亡霊でも見るような目でジャネットを見つめ、口元を震わせた。

「そんな、うそだろ……。――まさか、ジャネット？」

「はい」

「っつ！　待ってくれ、違うんだ！」

「違う？」

ジャネットは口元に人さし指を当てて首を傾げる。

「何も違いませんわ。ダグラス様はこの婚約を疎ましく思い、解消を望んでいらした。わたくしはそれに合意し、双方合意の下で円満に婚約解消となりました。皆様も聞いていらっしゃいましたし」

ジャネットは片手をゆったりと回し、自身の周りを指し示す。いつの間にかジャネットとダグラスの周りには野次馬が集まり始めていた。皆、興味津々でこちらを眺めている。

ダグラスは周囲を見渡すと、小さく舌打ちしてジャネットににじり寄った。

「待ってくれ、ジャネット。話し合おう」

「話し合いは今、終わりましたわ」

「ジャネット！」

「ダグラス様。わたくしはもうあなた様の婚約者ではありませんので、馴れ馴れしく呼び捨てにしないでくださいませ」

「だから、それは誤解だ！」

ダグラスの手がこちらに伸びてきたとき、ジャネットはとっさに手で払いのけてよけた。

何回も練習して体に覚え込ませた動作は流れるように滑らかだ。

背後に回り、肩口を引き寄せて、片手を顎に入れて――。

「ぎゃふっ」

次の瞬間、ダグラスは床に転がった。

☆　☆　☆

全てが終わり、ジャネットがダンスホールにいるアランのもとに戻ったとき、アランはなんとも微妙な表情を浮かべていた。きっと、一部始終をどこかから見ていたのだろう。

「お待たせいたしました。文字通り、ダグラス様をギャフンと言わせて参りましたわ」

「ジャネット嬢。あれはギャフン違いだ」

「あら。いいではありませんか」

ジャネットは扇を胸から取り出すと、楽しげにコロコロと笑う。

見事に決まったジャネットの投げ技で、ダグラスは完全に伸びていた。周囲の人々も一瞬の出来事に何が起こったのか、わけがわからなかったようで——まさか、可憐な見目の侯爵令嬢が自分より大きな成人男性を投げ飛ばしたなどとは誰も想像だにしなかった——ダグラスは突然の婚約解消に混乱して勝手にコルセットで締めすぎた女のように気絶したと思われたようだ。

先ほど、ダグラスはへーベル公爵家の使用人達によって、大好きな休憩室へと運び込まれた。

「いいのか？」

アランは少し眉を寄せ、真剣な表情でジャネットの顔を覗き込む。

「いいのです」

ジャネットは小さく頷く。

アランはジャネットがダグラスを夢中にさせる女になることを望んでいると思っていたので、婚約解消という引き返せない状況になってしまったことを心配しているのだろう。

「いいのです。なんだか、とてもすっきりしました。もっと早くこうすればよかったわ」

ジャネットはもう一度、自分に言い聞かせるようにゆっくりとそう言った。本当に、雲がすっかりなくなって冴え渡る青空のようにすっきりとした気分だった。ずっと胸につかえていた物が取れたような、すがすがしさ。

アランもジャネットの表情からそれを察したのか、安心したように表情を緩めた。

「なら、せっかくだしもう一曲踊るか？　ダンスカードで曲順を確認したところ、もうそろそろワルツが演奏されるはずだから」

「アラン様がよろしければ、是非《ぜひ》」

ジャネットは差し出された手に自分の手を重ねると、この日一番の笑みを浮かべた。

☆　☆　☆

ダグラスと決別したあの舞踏会から一週間ほど経ったある日のこと。

ジャネットとシルティ王女、アマンディーヌの三人はテーブルを囲んでお茶会を楽しんでいた。

「今日はね、ジンジャーシナモンティーよ。体がポカポカ温まるからこういう寒い日にはぴったりなの。すり下ろしたジンジャーとシナモンが入っているわ」

アマンディーヌは今日の飲み物の説明をしながら、少しスパイシーな香りがするティーカップを二人の前に置いた。すり下ろしたジンジャーだろうか。ティーカップに注がれた液体には何かがふわふわと浮いていた。

「ちょっとピリッとしますわね。美味しいです」

「これは……蜂蜜が入っているのかしら？　ほんのりと甘くて飲みやすいですわ」

ジャネットとシルティ王女はそれを一口飲むと、お互いに感想を言い合って口元を綻ばせた。少し

だけ刺激的な味のするそれは、本当に驚くほどに美味しかった。

「寒い日には体を冷やさないようにしなければだめよ。体が冷えると血の巡りが悪くなって、いろいろと具合が悪いわ。肌の調子も落ちるし、風邪もひきやすくなるの。あとでレシピカードを渡すわね。ジャネット嬢は屋敷に戻ったら、侍女達が作れるように伝えておくといいわ」

アマンディーヌは目の前の二人の上々の反応に気をよくしたようで、上機嫌でそう言った。

ジャネットはふと窓の外に目をやった。

額縁のような窓の外ではすっかりと裸になった樹木の枝が風に揺れている。きっと、冷たい風が吹いているのだろう。空はそんな寒さを表すかのように、少し雲がかかって灰色だ。

そんな中でも、薪《まき》のくべられた暖炉《だんろ》で暖まった部屋でハーブティーを飲むと、体はポカポカと温まった。

「あ、そう言えば」

ジンジャーティーを楽しんでいたシルティ王女が何かを思い出したように顔を上げる。

「ジャネット様の婚約取り消し許可の書面が近日中に発行されますわ。今朝、お父様が言っていましたわ」

「本当ですか？　まあ、よかったわ」

それを聞いたジャネットはホッとした表情を浮かべた。

貴族の結婚とそれに先立つ婚約には、国王の許可がいる。よっぽどの事情がない限り、許可が下りないことはないのだが、とある一族に権力が集中しすぎることを防止するために、婚約する際は事前に届け出をして許可を得る必要があるのだ。

そのため、一度許可された婚約は国に記録された公式なものなので、解消する際も再度届け出て承認を得る必要がある。

ジャネットとダグラスの婚約解消は先日の舞踏会に参加したエリック王子の預かりとなり、既に国王陛下の口頭の承認もいただいていた。だからジャネットは間違いなく婚約者不在なのだが、書面が発行されれば対外的な証拠も揃うわけである。

「ジャネット様。本当によろしかったの？　もちろん、わたくしはジャネット様があんな不誠実な男性に嫁ぐなど大反対ですが、ジャネット様のお気持ちは……」

シルティ王女が心配そうにジャネットの顔を覗き込んだ。ジャネットはシルティ王女の心配を払《ふっ》拭《しょく》するように、明るく笑う。

「よいのです。もう吹っ切れました。——実は、ダグラス様はわたくしの初恋の相手なのです。随分と小さな頃の思い出を、美化しすぎておりました」

「まあ、初恋？　そうなのですか？」

シルティ王女はこの年頃の少女らしく、恋愛話に目を輝かせて興味津々な様子で身を乗り出してきた。アマンディーヌは我関せずといった風情《ふぜい》でなんの反応を示すこともなく、澄まし顔でティーカップを口に運んでいる。

「ええ。実はわたくし、小さな頃に参加したガーデンパーティーでダグラス様に助けられたことがありまして」

「そのときに恋したのね？」

「ええ、まぁ……。もう九年も前です」

ジャネットは曖昧な笑顔を浮かべて頷いた。

「ガーデンパーティー？」

アマンディーヌがピクリと表情を動かし、ジャネットを見つめる。

「はい。ルイーザ侯爵邸で開催されたガーデンパーティーですわ」

「九年前にルイーザ侯爵邸で開催されたガーデンパーティー……」

アマンディーヌは、眉間の間に指を当てて考え込むような仕草をした。持っていたティーカップをソーサーに戻すと、窓の外を眺めるように視線を外し、ゆったりとこちらを向いた。

「そう言えば、わたしもジャネット嬢と初めて会ったのはガーデンパーティーだったわよね」

「え？　わたくしとアマンディーヌ様がガーデンパーティーで会った、ですか？」

ジャネットは身に覚えがなく、首を傾げた。

アマンディーヌはとにかく目立つ見た目なので、舞踏会で何度か見かけてジャネットは一方的にその存在を知っていた。しかし、直接話したのは廊下で泣いている現場を拘束されたあの舞踏会が最初だ。

アランに至っては滅多《めった》に舞踏会に姿を現さないので、会ったのはここに行儀見習いに来てからが初めてだ。九年も前から女装していたわけではないだろうから、ガーデンパーティーに参加していたのならばアランの姿だったのだろうが、会った記憶はない。

「そうよ。そのときにジャネット嬢の髪を直してあげたじゃない」

「わたくしの髪を？」

ジャネットの眉間に皺が寄る。アマンディーヌにガーデンパーティーで髪を直してもらった？　そんなことがあって、忘れるはずがない。

「いつですか？」

「だから、そのルイーザ侯爵邸でのガーデンパーティーのとき。十年くらい前ね」

「ルイーザ侯爵邸でのガーデンパーティー……。十年くらい前……」

ジャネットは眉根を寄せたまま呟いた。

十年くらい前？　ルイーザ侯爵邸のガーデンパーティーで？　髪を直してくれた？

そこから導き出される記憶はひとつしかない。元・婚約者のダグラスと出会った、思い出のガーデンパーティーだ。

「……………。アマンディーヌ様。ひとつ確認しても？」

「何？」

「ルイーザ邸のガーデンパーティーで鬼ごっこして崩れたわたくしの髪を、アラン様が直した？」

「だから、そうだって言っているでしょ。覚えているじゃない。アンタったら、『ライオンみたい』って言われて泣きそうな顔をしているんだもの。見ていられなかったわ」

「そうですか……」

これぞ人生最大の衝撃。

一目惚れして婚約までして、あげくの果てに婚約解消した相手がまさかの……。

「うそだ！」

ジャネットは思わず立ち上がり、大きな声で叫んだ。

そんなはずはない。あれは誰がなんと言おうと、ダグラス＝ウェスタンだったはずだ。

「こんなこと、うそついてどうするのよ？」

呆れたような顔をするアマンディーヌを見て、ジャネットはぐっと言葉に詰まった。

ルイーザ邸で髪を直してくれた？

しかし、ジャネットの記憶では、それはダグラスのはずなのだ。

いや。確かに、違和感はあった。

にこにこして優しかったあの少年に対し、淡白で冷たい態度のダグラス。

髪をいじるのが好きだと言った少年に対し、小さな頃から付き合いのあるフランツですらそんな話は初耳だと言わしめたダグラス。

ジャネットがあの少年について確信をもって言いきれるのは、黒髪と新緑のような鮮やかな緑眼、それと、年齢がほぼ同じであることだ。逆に言うと、それをもってダグラスを今日の今日まであの少年だと信じて疑わなかった。

父親にあのガーデンパーティーに参加していた同じ年頃の黒髪緑眼の少年の名を聞いたら『ダグラス』の名が出てきたので、ずっとそうなのだと思い込んでいた。

ジャネットの脳裏にひとつの単語が思い浮かんだ。

ひ・と・ち・が・い。

そう。人違いである。

いやいや。人違い？　そう簡単には納得いかない。

いや、納得したくない。

自分のこの九年にもわたる片想いはいったいなんだったの？　と言いたくなるのも仕方がない話だ。

そりゃ、ないよ。あんまりだ。

「うそですわ」

「うそじゃないってば」

「うそぉぉ！　いやだぁぁぁ！　あれはダグラス様よ！」

「ジャネット嬢。魅惑的な淑女は人前で取り乱してはいけません」

「そうなんですけど。知っているわよ！　知っているけどぉぉ！」

取り乱したジャネットを見て、シルティ王女は目を丸くする。

「ジャネット様。もしかして、ジャネット様が言っている『助けてくれた男の子』ってアランお兄様じゃ……」

「うそだ！」

「うそじゃないってば」

アマンディーヌが呆れたような視線を送ってくる。

もういたたまれない。こんなあり得ないような勘違いをまさか本当の初恋の相手の前でさらすなんて。

「アマンディーヌ様のばかぁ！」

「ばかはそっちでしょ」

「っ！　じゃあ、意地悪！」

「はぁ？　気付かないのが悪いのよ。わたしがなんの意地悪したっていうの」

「！」

全くもってその通りなので、返す言葉もない。

「もおぉぉぉ！　うそだわ……。うそよ――――！」

シルティ王女はアマンディーヌにすがりついて取り乱すジャネットを見て、慌てた様子で慰めてきた。

「まあ、ジャネット様ったら、大丈夫ですわ！　だって、誰にでも間違いはありますもの」

シルティ王女のこのポジティブシンキングには時々ついていけない。こんな間違い、そうそうないと思う。

「ジャネット様、元気出して！」

「無理ぃぃ！」

ジャネットはその後、初恋を失った（？）ショックのあまり、一週間ほど部屋で寝込んだとか。

第六章　見習い期間終了、そして新たに始まる180日間！

あっという間の半年間だった。

明日、ジャネットは王宮を後にする。

目の前の皿に盛られた可愛らしい色合いのマカロンの山を見つめながら、ジャネットは初めてここに来た日のことを思い返していた。

突然、シルティ王女からのお茶会のお誘いが自宅に届き、飛び上がるほど驚いた。王宮に着いたら着いたで、規格外のオネエに強引に行儀見習いにさせられた。そして毎日口うるさく言われ、最悪だと思った。全身が筋肉痛になるし、嫌いなダンスを無理やり踊らされるし。

けれど、そんなことも今ではいい思い出だ。

シルティ王女ときついレッスンを乗り越えて笑い合ったことも、お忍びで町へ出たことも、お茶会で楽しくお喋りしたことも、全てが楽しい記憶へと塗り替わっていた。

「ジャネット様、本当に帰ってしまうのですか？」

正面に座るシルティ王女が寂しそうに呟き、目を伏せた。ジャネットはその様子を見つめ、困ったように眉尻を下げた。

「はい。予定の期間も終わりましたし、いつまでもお世話になっているわけにはいきませんから」

「気にしなくていいのに。わたくし、ジャネット様がいらして、本当のお姉様ができたみたいでとても楽しかったの。アマンディーヌは……ほら、お姉様とは少し違うでしょう？」

シルティ王女が紅茶のカップを手に、小さく呟く。それを聞き、ジャネットも目を伏せた。

一人っ子のジャネットにとっても、この半年間はとても楽しかった。恐れ多くも王女殿下であるシルティ王女を、妹のように可愛らしいと思っていた。

「そう言えば、ダグラス様の件はもう大丈夫なのですか？」

「ええ、父がきっぱりとウェスタン子爵に伝えましたから。それに、国王陛下からの婚約解消の承認書類もありますから、大丈夫ですわ」

眉根を寄せるシルティ王女に、ジャネットは心配をかけないように笑って答えた。

あれほどジャネットをないがしろにして、婚約は不本意だったとあらゆる場で豪語していたダグラスは、いざ婚約解消となったら今度は納得できないとごね始めた。

てっきり大喜びすると思っていたジャネットは、ダグラスのこの反応に驚いた。

しかし、父やアランは最初からこうなることを予想していたようだった。

ジャネットは侯爵家の一人娘であり、結婚すればもれなく高位の爵位が付いてくる。離婚歴もなければ体も健康、男と浮き名を流したこともなく、貞淑である。元々の見た目も美女とは言えなくとも決して悪くはない。少々地味なだけだ。そして、実家に借金があるわけでもない。

つまり、普通に考えたらまたとない好条件なのだ。

そこで父であるピカデリー侯爵は最終手段として、今まで密《ひそ》かに集めてきたダグラスの不貞の証拠を、ダグラスと共に押しかけてきたウェスタン子爵の前に並べ立てた。ジャネットは、父が密かにこんなものを集めていたとは全く知らなかった。

こちらが慰謝料を請求して婚約破棄できるほどの証拠の数々に、さすがのウェスタン子爵やダグラスも青ざめた。あれだけ派手に遊び回っていたので証拠の数も膨大だ。

そんなこんなで、紆余曲折《うよきょくせつ》を経てジャネットとダグラスの婚約は全面的にダグラス側に非があるとして解消された。せっかく双方合意の円満婚約解消にしようとしたのに、そのチャンスをダグラス自らが潰したのだ。

このことは狭い貴族の世界に格好の話のネタとしてスキャンダラスに流れたので、ダグラスはもちろん、お相手のご令嬢達も今後良縁に恵まれることは難しいだろう。誰も有力侯爵家から睨まれたくはないのだ。

「アンタ、次は変な男に引っ掛かるんじゃないわよ」

諭《さと》すような声に顔を上げると、アマンディーヌが哀れむような目をしてジャネットを見つめていた。

「……気を付けますわ」

ジャネットは少しだけ笑って見せる。

あの日、はっきりと自覚した。ジャネットが好きな人は、目の前にいる。

とっても強引で、容赦なく厳しくて、近衛騎士なのに女装しているへんてこで……──誰よりも優しくジャネットを見守ってくれていた、素敵な人だ。

──けれど、この気持ちには蓋をしてここを去ろう。

ジャネットはそう決めていた。

アマンディーヌ、もとい、アランはジャネットのことを嫌ってはいないだろうが、恋愛感情を持ってはいないはずだ。婚約解消して一週間も経っていないのにまた振られたらさすがに立ち直れない。

元気のないジャネットの様子を見つめていたアマンディーヌは、ぐっと眉を寄せた。

「ねえ、やっぱりもう少しここにいたら？　わたし、気付いたの。ジャネット嬢はわたしにとって、かけがえのない人なのよ」

ジャネットはその言葉を聞き、目を見開いた。

「アマンディーヌ様、それって……」

ジャネットは信じられない思いで、アマンディーヌを見つめた。いつの間にか芽生えたこの想いは秘めたまま、ここを去るつもりだった。けれど、もしかして、彼も自分と同じ感情を抱いてくれていたのだろうか。

そんな淡い期待が脳裏をよぎった。

「アマンディーヌ様……」

ジャネットの瞳にじんわりと涙が浮かぶ。ぽろりとこぼれ落ちそうになったところで、アマンディーヌはジャネットの手を握りしめた。

「わかっているわ。ジャネット嬢も同じ気持ちだってこと」

アマンディーヌはジャネットを見つめ、しっかりと頷いた。

二人はしばし、見つめ合う。

「大丈夫。わたしとジャネット嬢のコンビなら、社交界一の花も夢じゃないわ！」

「……は？」

「だから、これまでの倍の厳しい訓練を受ければ、ジャネット嬢は社交界一の花になれるわ！　わたしとやりましょう？　世の人々を虜《とりこ》にするのよ！」

興奮したようにまくし立てたと思ったら、今度は歯を見せて爽やかに笑うアマンディーヌを見上げ、ジャネットは顔から表情を消した。

「……。――これまでの倍の厳しい訓練？」

「そうよ。ジャネット嬢は打てば響くから、あと半年もあればできるわ！」

ジャネットはふるふると握った手を震わせた。

もちろん、怒りで。

これまでの特訓もかなり厳しかった。その倍厳しい訓練をあと半年？

はっきり言おう。死んでしまう。

「誰がやるかぁぁー！」

「ええ！　そんな殺生《せっしょう》なっ」

アマンディーヌはひどくショックを受けた悲劇のヒロインのように床に倒れた。両手を床につき、チラリとジャネットを見上げてオヨヨと泣き真似をしている。

「そんな演技したって――」

――だめなんだから！

と、そこまで言いかけて、ジャネットは、はたと気付いてしまった。

もしかして、これは絶好のチャンスなのではなかろうか？　このチャンスを逃したら、もう次はないかもしれない。

コホンと咳払いして、ジャネットは少し屈むとアマンディーヌに向き直った。

「アマンディーヌ様？　先ほど、世の人々を虜にすると仰いましたわね？」

断られてしゅんとしていたアマンディーヌは、ジャネットが興味を示したことに目を輝かせ、勢いよく頷いた。

「ええ、言ったわ！」

「男性も？」

「もちろん」

「それは、（しょっちゅう女装しているオネエが入った、相当な変わり者も含めた）どんな男性も？」

「ええ、そうよ」

「本当に？　半年で？」

「わたしに任せなさい！　事前に言ってくれれば、どんなタイプの男にも対応して虜にできるレディに仕上げてみせるわ。わたしが保証する！」

アマンディーヌは胸に片手を当てて断言した。ジャネットはそれを聞き、満足げに頷いた。

「わたくし、やりますわ。ちょうど、気になる方がいるのです。相手は全く気付いていませんけれど」

「え!?　そうなの？　ちっとも知らなかったわ……」

アマンディーヌは目を見開き、呆然とした様子でジャネットを見つめ返す。しかし、口元に手を当てて少し考えるような仕草をするとにこりと微笑んだ。

「――確かに、失恋の痛みを忘れるには新しい恋が一番よね。うん、そうよ。ジャネット嬢のためにもなるわ。協力するわよ。どんな人なの？」

「わたくしの周りの貴族令嬢にキャーキャー言われている、名門貴族出身の近衛騎士様です。でも、浮いた話が何もなくて、色恋沙汰に鈍感で、とにかく手強いですわ」

「……そんな人、いたかしら？」

アマンディーヌは思い当たる人物がいないようで、宙を見つめたまま考え込む。

「いますわよ。とっても変わり者で普段は意地悪ですけれど、本当は優しくて素敵な人です」

横で会話を聞いていたシルティ王女はピンときたようで、二人の顔を見比べながらニヤーっと笑った。

「ふーん。でも、それは落としがいがあるわね。頑張りましょう、ジャネット嬢！　アマンディーヌの名に懸《か》けて、全力でサポートするわ」

「約束ですわよ？」

「もちろんよ。半年後にその男がジャネット嬢に愛を請《こ》うこと間違いないわ」

「では、交渉成立ですわね」

二人は固い握手を交わす。

「で、誰なの？　その男は？」

アマンディーヌは相手が誰なのかが気になって仕方がないようだ。普段はエスパーみたいにジャネットの考えることを読んでくるくせに、こういうことには本当に鈍い。

ジャネットは何度も繰り返し練習した自分が一番美しく見える妖艶《ようえん》な微笑みを浮かべ、アマンディーヌを見上げた。

「必ず虜にしてみせますわ、アラン様。覚悟してくださいませ」

アマンディーヌの目が驚きで大きく見開かれる。

ジャネットの彼を落とすための新たな180日間が、今ここに開幕した。

書き下ろし
番外編

アマンディーヌの回想

ピカデリー侯爵家といえば、ルロワンヌ王国でも指折りの大貴族だ。

だから、その大貴族の一人娘――ジャネット＝ピカデリーの心を射止めるのはいったい誰なのだろうかと皆が注目したのはある意味当然とも言える。その幸運な男は侯爵という高位爵位を継げるだけでなく、実家もピカデリー侯爵家と縁続きになれるのだから。

「ダグラス＝ウェスタン？」

父上と兄上と三人で屋敷の居間でくつろいでいた俺は、そこで聞いた思いがけない名前に、思わず聞き返した。

つい先日、ピカデリー侯爵家で大切に育てられた一人娘は無事に成人を迎え、婚約者が決まった。その婚約の許可を得るためにピカデリー侯爵が王宮にやって来たらしいのだが、その口から告げられた相手は、誰もが予想していなかった人物だったのだ。

名門侯爵家の跡取り娘が生涯の伴侶に選んだのは、特に目立つわけでもないごく普通の子爵家の、三男だった。

当主のウェスタン子爵は悪人ではないが、どこか頼りない男だ。そして当の本人であるダグラス＝ウェスタンは目立たない家庭にいながら別の意味で非常に有名人だった。とにかく、女癖が悪いのだ。手当たり次第に女を口説く手癖の悪さは既に社交界で有名になりつつある。にもかかわらず、本人はそれを名誉の称号だと思っている節があり、救いようがない。

「名門侯爵家のご令嬢も色男に陥落したということでしょうね」

兄上が息を吐く。

「そのようだな。実はアランの相手に、ピカデリー侯爵令嬢はちょうどいいのではないかと思っていたんだ。残念だ」

「ああ、確かに家格的にも年齢的にも釣り合いますね。ピカデリー侯爵は一見穏やかに見えて頭の回転も速い。でも、もう許可は下りたのでしょう？ 出遅れましたね」

兄上は失敗したと言いたげに額に手を当て、父上は残念そうに眉を寄せる。

しかし、俺はそれを笑い飛ばした。

「俺の秘密を受け入れるような寛容さを持ち合わせた貴族令嬢はいませんよ」

「アラン……」

哀れむような父と兄の視線に居心地の悪さを感じる。俺はすっくと立ち上がるとその場を後にした。


私室のドアを開けると、そこに広がっているのはシンプルな部屋だ。中央奥にベッドがあり、壁際には剣や盾が並べられている。そして、反対の壁際には男の部屋には不似合いな大きなクローゼットが置かれていた。

俺はそのクローゼットを無言で開く。赤や紫、紺などの色鮮やかなドレスが両開きの扉が開いたのに合わせて揺れる。全て特別注文で世界に一着しかない逸品だ。

手を触れると、シルクの艶やかさとレースの繊細さを直に感じる。美しいそれらを見ていると、気持ちが落ち着くのを感じた。

自分が周りに比べて少し浮いた趣味嗜好の持ち主だと気付いたのは、まだ十歳にも満たない子供の頃だった。

普段から母上の部屋に行くことが多かった俺が特に好きだったのは、母上の衣装や着飾ってゆく様子を眺めることだった。母上は元々整った見目の美人だったが、侍女達に飾りつけられるとまるで大聖堂に描かれた女神のように美しくなった。

ある日、母上が侍女にメイクをしてもらう様子をいつものように眺めていると、その視線に気付いた母上はこちらを向いてにこりと微笑んだ。

「アランも少しだけやってみる？」

「いいのですか？」

まさかそんなことを言ってもらえるとは思っておらず、俺は驚きに目を見開いた。きっとそのとき、母上はほんの気まぐれでそう言っただけだったのだろう。

「お母様が綺麗になるように、とびきり素敵な魔法をかけてね」

そう言って手渡されたのは口紅の乗った筆だ。

それをそっと唇に重ねる。その途端、ピンク色の花が咲いたかのように、表情が明るくなった。

「まあ、素敵ね。ありがとう」

にこりと微笑まれ、胸の内に充足感が広がる。

それは、俺が生まれて初めて『誰かをこの手で美しくする』ということへの喜びを知った瞬間だった。

母上は俺のその趣味を一時的なものだろうと思っていたようだった。

最初は髪をいじろうがメイク道具を触ろうが笑って見ているだけだった。

しかし、半年経っても一年経っても一向に飽きることなく、むしろますますそれにのめり込むようになった俺を見てさすがに心配になったようだ。そして、母上に相談されてその事実を知った父上によって、俺はそれらの行為の一切を禁止された。

人間、禁止されるとますますやりたくなるというのは自然の理《ことわり》だ。

従姉妹のシルティ殿下のところに遊びに行くのは何よりも楽しみだった。元々歳が近く仲がよかったのはもちろんだが、シルティ殿下のところに行けば彼女が持っているお人形やメイク道具を思う存分使って楽しめるから。それに、シルティ殿下は俺が髪を結ったりメイクをしてあげると、いつも「アランお兄様、すごいですわ」と大喜びしてくれるので、それがとても嬉しかった。

父上にきつく言われてから、俺は勉学や武術にこれまで以上に励むようになった。ルロワンヌ王国で最も格式高い、各地の優秀な子息達が集まる騎士養成学校でも成績は常にトップ、剣の腕も騎士養成学校の中ですら負ける相手を探すほうが難しいほどに上達し、生活態度も品行方正。

誰から見ても、名門へーベル公爵家に相応《ふさわ》しい立派な若者だと思われていたことだろう。そうなるように、必死で努力した。がむしゃらに頑張れば、きっといつか父上も俺のこの特殊な趣味を認めてくれると思ったから。

——けれど、結果は同じだった。

「だめだ」

十七歳になったある日、女性に美容レッスンをするための定期サロンを開きたいと父に相談した。

父上が返した言葉はたった一言だけ。

「なぜですか？　騎士としての職務はきちんと全《まっと》うします」

「なぜ？　何を当たり前のことを。へーベル公爵家の名を汚すような真似をするな」

険しい表情で父上が言い放った言葉に、頭が真っ白になるのを感じた。

つまり、父上は結局、俺がどんなに努力し結果を出そうと、俺のこの趣味を〝恥ずべきもの〟としてしか見る気はないということだ。

なんだか、今までの努力がばからしくなるような虚しさを感じた。


そんなある日、近衛騎士として勤務している最中に運命の出会いをした。後に俺が女装をし始めるきっかけを作った人物との出会いだ。彼女は外遊でルロワンヌ王国を訪れていた隣国シュタイザ王国の王女だった。

「そんなに好きなら、本気具合を見せてやればいいのよ」

「見せています」

「ふうん？　見せ方が足りないのよ。いっそのこと、女装でもしちゃえば？　父上がわからず屋なので別人になりますって」

彼女はそう言い放つとケラケラと笑う。

絶対に他人ごとだと思ってやがる、と苛立ちを感じる。けれど、そのとき同時に待てよ、と思った。もしもこの望みが叶えられるなら、別人として生きてゆくのも悪くはない。

決行の日、初めてアマンディーヌとなった女装姿の俺を見た父上は卒倒しそうなほどに驚いていた。顔面蒼白になり、唇をわなわなと震わせる。そして、「この大ばか者め！」と叫びながら俺に飛びかかってきた。途中で騒ぎに気付いた兄上が止めに入ってきたが、こっちは現役の近衛騎士だ。二人掛かりだとしても相手になるはずもない。

結局、ヘーベル公爵家を離れて美容家として生きると言い出した俺に折れたのは何よりも外聞を気にする父上だった。

出された条件はひとつだけ。

この〝恥ずべき行為〟をしている人物がヘーベル公爵家の人間だと周囲に悟られないことだ。

アマンディーヌはその点、非常に勝手がよかった。見た目のインパクトが大きすぎて、誰も俺だということに気がつかない絶好の隠れ蓑《みの》だったのだ。

シルティ王女とエリック王子はこの話を聞いて涙が出るほど大笑いしていた。そして、「喜んで協力しよう」と言った。

近衛騎士の仲間達には王女陛下を護衛するのに都合がいいと、もっともらしい口実がエリック殿下より説明された。だから、無理やりこの任務を押しつけられたと思い込んでいる仕事仲間は、むしろ嫌な顔をせず淡々とこなす俺を見て畏敬の念すら抱いているようだ。


手にしていたドレスをクローゼットに戻す。ふとサイドボードに置かれた髪飾りが目に入り、先ほど聞いた懐かしい名前が蘇る。

「ジャネット＝ピカデリーか」

思い出すのは、まだ幼いときに訪れたガーデンパーティーだ。木に引っ掛かって乱れた彼女の髪を直してあげると、ジャネット嬢は「すごい」と目を輝かせ、「素敵な趣味だ」と微笑んだ。これまでにない反応だったので、とても嬉しかったのを覚えている。

──あの子はどんな淑女に成長しただろう？

ふとそんなことを思った。

そんなジャネット嬢との再会は、なんとも衝撃的だった。煌びやかな舞踏会会場の片隅で、彼女は誰にも見られることなくひっそりと泣いていた。

「どうせわたくしは何をやってもブスで貧相でどうしようもないんです!」

その台詞を聞いた瞬間、反射的に話を聞かせろと迫っていた。名門貴族令嬢がこんな地味な衣装を身にまとい、舞踏会会場の片隅で一人ぽろぽろと泣いている。それだけでも普通じゃないのに、さらにはこの台詞。

事情を聞いて込み上げてきたのは底知れぬ怒りだった。

ダグラス=ウェスタンは勘違いをしている。

本来だったら、自分の婚約者を一番美しく輝かせるのが男の役目だろう? 少なくとも俺はそう思っていた。

彼女を行儀見習いにしたのは半ば意地でもあった。当初はバレバレの言い訳を並べ立ててはなんとか逃げ出そうと画策するジャネット嬢を見て、これはだめかもしれないと思ったりもした。けれど、思った以上に根性があった彼女はこちらの心配をよそに俺の特訓についてきた。

シルティ王女の髪を結い上げてからふと横を見ると、ジャネット嬢がキラキラと目を輝かせてこちらを見つめていた。

「アマンディーヌ様、今日もすごいですわ!」

はしゃいだような声を上げて両手を目の前で組む様子は、あの頃と何も変わらない。〝恥ずべきこと〟とされていた俺の趣味嗜好も、ジャネット嬢はなんら気にすることなく受け止めた。ジャネット嬢と過ごす時間は気負わなくてよくて、心地がいい。

この先、一生アマンディーヌでいられるとは思わない。

それでも、今この瞬間に確かなこともある。

目の前の彼女が自分の手によって美しく羽化《うか》していく様子を見ているのは、この上なく楽しいということだ。

「ジャネット嬢もやってあげるわよ」

「ありがとうございます」

カメリアオイルのお陰でしっとりと艶やかに波打つ髪を結い上げると、ジャネット嬢はあの日のように嬉しそうに微笑んだ。

あとがき

みなさんこんにちは。三沢ケイです。

この度は『ひょんなことからオネエと共闘した180日間 ～婚約者は浮気性!? 地味女が目覚める魔法のレッスン～』をお手に取ってくださり、ありがとうございます。


本作を最初に執筆したのは二〇一八年の秋頃でした。

当時、私が利用していたネット小説投稿サイトでは「ざまぁ系」と呼ばれるジャンルの小説が大流行していました。

女性向けの恋愛ものに特に多かったのは、薄幸なヒロインがふとしたきっかけでハイスペックな男性に見染められ、自分を蔑んできた相手を見返すというシンデレラストーリーです。

これはこれで面白くはあるのですが、ふと自分の中で「なぜ女性自身が努力して自分を磨き、相手を見返すというストーリーがないのだろう?」という疑問が湧きました。

ヒロインの成長という主要テーマをおき、とびっきり明るく、けれどスカッとして後味のよい話を書きたいと思って考えたのが本作でした。

ヒロインのジャネットは、素直で真っすぐ、勤勉で優しいというたくさんの長所を持ちながら、おかれた環境のせいで必要以上に自分に対して卑屈です。そんな彼女が徐々に成長して自信を付けてゆく姿を書くのは、とても楽しかったです。

無事に婚約者にギャフンと言わせることに成功したジャネットはこの後、本当の初恋の相手、アランの心を得るべく新たな180日間を開始します。

そちらについては同時刊行した『ひょんなことからオネエと共闘した180日間（下）～氷の貴公子は難攻不落!?　完璧目指すレディのレッスン～』に収録してありますので、ノンストップで走り続けた彼女の幸せな結末を是非ご覧いただければ幸いです。


最後に、この場を借りてお礼を言わせてください。

いつも応援してくださる読者様、本作のイメージにぴったりな生き生きとしたキャラクター達を描いてくださった氷堂れん先生、販売まで支えてくださった多くの方々。そして、本作を書籍にしましょうと言ってくださった編集担当の黒田様。

実は、私は本作が面白いと作者として自信を持っていたものの、ヒーロー役であるアランがライトノベルの定番ヒーロー像とあまりにも乖離しているので、書籍にするのはきっと無理だろうと思っていました。

このようなチャレンジングな作品に貴重な機会をくださり、本当にありがとうございます。

本書の出版に関わった全ての方々に、深く感謝を申し上げます。

ありがとうございました。

二〇二〇年九月吉日
三沢ケイ

この本を読んでのご意見・ご感想・ファンレターをお待ちしております。
〈宛先〉 〒104-8357 東京都中央区京橋 3-5-7
(株) 主婦と生活社 PASH! 編集部
「三沢ケイ先生」係
※本書は「小説家になろう」(https://syosetu.com) に掲載されていたものを、改稿のうえ書籍化したものです。

PASH! ブックス

ひょんなことからオネエと共闘した180日間（上）

2020年10月5日 1刷発行

著　者	三沢ケイ
編集人	春名 衛
発行人	倉次辰男
発行所	株式会社主婦と生活社 〒104-8357 東京都中央区京橋 3-5-7 03-3563-5315（編集） 03-3563-5121（販売） 03-3563-5125（生産） ホームページ https://www.shufu.co.jp
製版所	株式会社二葉企画
印刷所	大日本印刷株式会社
製本所	株式会社若林製本工場
イラスト	氷堂れん
デザイン	井上南子
編集	黒田可菜

©Kei Misawa Printed in JAPAN ISBN978-4-391-15505-1